LA LUNE
À L'ENVERS

DU MÊME AUTEUR
chez le même éditeur

Dites-moi tout
1986

GISELLE FLAVIE

LA LUNE
À L'ENVERS

CALMANN-LÉVY

ISBN 2-7021-1653-1

Imprimé en France

DIX-HUITIÈME LAME DU TAROT DE MARSEILLE :
LA LUNE

Et toujours rajeunie,
Tu seras du puissant
Bénie,
Pleine Lune ou croissant.

Alfred DE MUSSET,
Ballade à la Lune.

UN CALENDRIER LUNAIRE
précisant les positions de la Lune
d'octobre 1987 à décembre 1989
se trouve page 177.

Au clair de la Lune

LA Lune... Qui n'a jamais été bouleversé par sa tranquille splendeur ? Qui n'a jamais senti cette lumière apaisante descendre dans son cœur ?

Sans se l'avouer, on pressent parfois qu'elle peut nous combler de bienfaits. Seulement voilà : la plupart du temps, trop pressé dans un monde matérialiste, on ne sait comment s'y prendre pour attirer ses faveurs.

Ce livre vous aidera à y voir plus clair. Et vous aussi, vous trouverez le chemin de l'épanouissement, en vous laissant guider par l'astre magique de nos nuits.

Depuis ma plus tendre enfance, la Lune a été mon amie. Que de fois ne l'ai-je contemplée depuis la fenêtre de ma chambre ! Une force mystérieuse m'attirait vers elle. Je me levais sans bruit, j'ouvrais la fenêtre et restais en contemplation de longs moments. En même temps, je me sentais gonflée d'énergie. Et, à chaque fois, j'y trouvais la réponse aux questions que je me posais.

Dès cette époque, la Lune représentait plus qu'un miroir. Elle me soufflait des évidences que je n'aurais jamais découvertes sans elle. Elle me rappelait d'anciennes vérités oubliées.

Certes, au début, à sept ans, il s'agissait surtout de lui demander de m'aider à obtenir des résultats scolaires honorables... Puis, il s'est agi de protéger et renforcer l'amour autour de moi. Par exemple, quand je sentais une petite camarade malheureuse, j'invoquais la puissance de la Lune. Enfin, quand je me suis ouverte aux autres, je lui ai demandé de les garder en bonne santé, de les soutenir dans les difficultés qu'ils rencontraient au cours de leur vie quotidienne.

Et c'est ainsi, petit à petit, que j'ai appris à la connaître, à la comprendre, à l'apprivoiser. Car elle ne se donne pas à celui qui refuse de la recevoir. Alors qu'à celui qui vient à elle sans arrière-pensées, celui qui cherche la sagesse, elle apporte la sérénité. Les nuits ne sont plus des moments pénibles, au sommeil agité, dont on se réveille mal à l'aise et angoissé. Les nuits deviennent des alliées privilégiées, des plages de paix d'où l'on tire une énergie nouvelle.

Cette énergie formidable qui dort en vous, la Lune peut vous aider à la faire émerger. Ce qui vous semblait impossible deviendra facile. Au fond, la Lune est une formidable pile qui nous recharge, au même titre que le Soleil. Mais si le Soleil nous donne l'énergie de la surface, la Lune nous donne celle des profondeurs. Nos deux astres nous nourrissent ainsi, en se complétant.

Jamais la Lune ne m'a déçue. Elle me dicte ce qu'il faut faire et ne pas faire. Ce pouvoir qui m'habite, ce don que la destinée m'a prêté, je veux le partager avec vous. Je suis persuadée que la Lune exerce sur nous des effets bénéfiques, si l'on sait utiliser son influence magique.

D'ailleurs, comment en serait-il autrement ? Le corps des êtres humains, comme celui des autres êtres vivants, animaux, arbres et fleurs, est composé de beaucoup d'eau : plus de 70 %. Et l'eau n'échappe jamais à la Lune. On connaît l'influence de la Lune sur les marées. Mais savez-vous que l'on a pu mesurer le rythme des marées dans une simple tasse de tisane ?

Incroyable ? Non. L'eau est l'élément premier. Il suffit de se souvenir que pendant des millénaires, les hommes ont utilisé un calendrier lunaire, et non solaire. Ils avaient besoin de prévoir le retour des saisons pour leurs cultures, et seule la Lune le leur permettait. Les musulmans continuent d'ailleurs à le faire. Ce sont les prêtres de Sumer et de Babylone, qui, voilà de nombreux siècles, ont inventé le calendrier, fondé sur les rythmes de la Lune, à force d'observations. Puis, même quand, dans nos pays, tout ou presque a été déterminé par le Soleil, la Lune est restée présente dans beaucoup d'esprits.

De nos jours, cette science accumulée peut enfin servir à chacun.

Voilà comment tout a commencé : par une belle soirée de printemps, je me promenais dans la campagne avec une amie, qui avait lu mon livre précédent, *Dites-moi tout*[1]. Nous nous sentions bien, loin des bruits de la ville. Une douce Lune montante éclairait les champs et les bois. Et pourtant nous savions que dans le monde beaucoup d'êtres cherchaient désespérément le bonheur. Peut-être s'agissait-il de transmission de pensée ? En tout cas cette amie me dit soudain :

— Flavie, tu devrais mettre ton expérience de la Lune au service des autres. Ils sont si nombreux à souffrir, à chercher des réponses, à attendre en vain de l'aide !

J'y pensais depuis longtemps. Quand on a reçu un don comme le mien, on se doit d'en faire profiter autrui. L'amour est, on le sait, la seule énergie qui augmente quand on la partage.

1. Calmann-Lévy, 1986.

Hélas! entre ma nombreuse clientèle, mes recherches personnelles, mon émission à la télévision, ma famille et mes petits-enfants, il ne me restait plus beaucoup de temps...

Quelque chose me disait pourtant que je ne pouvais retarder ce moment. Avec l'aide de mes secrets, beaucoup de personnes verraient leur vie transformée.

Je levai la tête et contemplai la Lune. Aussitôt une certitude m'emplit: si je me mettais au travail avec générosité, avec enthousiasme, la Providence m'aiderait à coup sûr.

Les semaines suivantes, j'ai réfléchi, en attendant que la Lune soit à son premier quartier. Puis je me suis mise au travail... Vous aussi, lorsque vous devez entreprendre quelque chose d'important (recherche d'emploi, rendez-vous professionnel, grosses réparations dans votre maison ou sur votre voiture, gros achats), il est bon de le faire en Lune montante. L'énergie qu'elle dégage va décupler la vôtre.

Et là, les mots me sont venus. Presque naturellement. Ils montaient comme une grande marée, et les images affluaient (ces images que nous appelons, dans notre langage, flashs ou visions). Ces pages dormaient dans mon inconscient, cette science apprise de mes grands-pères et complétée durant toute une vie, la Lune, comme une fée, venait de les réveiller.

Les savants nous ont confirmé ce que les médiums savaient depuis toujours: l'univers est composé de forces qui circulent, s'assemblent, s'opposent, se fondent. En connaissant ces forces, nous pouvons agir sur notre destin. Sur terre, en effet, tout est signe et nous fait signe. Tout nous parle. Les grandes forces, les éléments, mais aussi les plantes, les animaux, les pierres...

En interprétant ces signes, vous adhérez davantage à la vie. Il faut rester à l'écoute, rester disponible... En laissant rayonner la beauté qui vous habite, elle illumine les autres et cette lumière vous revient.

Ce qui maintenant peut vous apparaître comme une situation difficile, peut se révéler demain riche de possibilités. Combien en ai-je vu, de consultants désespérés ! Ils défilent dans mon cabinet, portant leur chagrin, leur angoisse, leur inquiétude. Ils montent l'escalier, lourds d'interrogations et de doutes, et le redescendent ensuite, soulagés, après la consultation, lorsqu'ils ont découvert à travers mes yeux que l'avenir leur réservait de bonnes surprises. Ils vont ainsi tirer le meilleur de leur vie. Mon expérience m'a appris que tous, des grands de ce monde, riches et célèbres, jusqu'au plus modeste, gardent au fond d'eux-mêmes une réserve de puissance qui dort.

Car chaque individu est aussi une force, qui agit sur le monde qui l'entoure. Chacun peut modifier ses relations avec les proches, les parents, les collègues. La vie sentimentale, affective, professionnelle s'en trouve nettement améliorée.

Parmi les moyens de connaître le monde et d'agir sur lui, il y a les principaux éléments : la Lune, le Feu, l'Eau, les Nombres, les techniques divinatoires (tarot, lignes de la main), les messages de l'au-delà, et ce qu'on appelle les perceptions extrasensorielles (qui ne viennent pas des cinq sens, mais du sixième sens). C'est ce fameux sixième sens qui est à l'origine de tant de découvertes troublantes.

Cet art de vivre en harmonie avec la Lune, j'ai eu la chance de l'apprendre avec mes maîtres et mes deux grands-pères. Leur plus cher désir était de me voir continuer leur chemin. Grâce à Dieu, c'est chose faite.

J'ai voulu ce livre très pratique. Il sera pour vous un ami, un guide, que vous pourrez consulter à tout moment. Pour commencer, je vous montrerai comment se mettre à l'écoute du monde. Ouvrez les yeux, observez. Comme le dit l'Évangile, avoir des yeux et ne pas regarder ne sert à rien.

Encore faut-il apprendre à regarder... Nous avons été

longtemps aveuglés par un prétendu rationalisme. À écouter certains esprits forts, seul existait ce qui était mesurable, et que l'on pouvait à volonté reproduire en laboratoire. Or cela, nul n'en est capable. La vie échappe à toute définition.

Aujourd'hui, alors que nous pénétrons dans l'Ère du Verseau, celle de la communication et des échanges, les frontières entre les sciences éclatent. Les gens veulent vivre de façon complète, et bénéficier des influences positives du monde. C'est bien normal.

Cette évolution, mes maîtres la pressentaient. S'ils vivaient encore, ils seraient heureux de constater que l'on se fie davantage à ce que l'on ressent, que l'on se rapproche des vertus naturelles. Sur ce point, je dois beaucoup à mes grands-pères, et à Alphonsine, la « dame bizarre » de mon village, qui a senti que je deviendrais plus tard médium comme elle.

Je leur ai rendu un hommage mérité dans mon précédent ouvrage. Leur pensée ne m'a jamais quittée. C'est pourquoi je sais que l'on ne meurt pas tant que l'on vit dans la mémoire de quelqu'un : on se transforme, on se déplace, on se métamorphose. Mais rien de ce qui existe ne disparaît dans le néant.

Souvent on me demande : « Flavie, vous qui soulagez tant de souffrances, comment ne sombrez-vous pas dans la dépression ? N'êtes-vous jamais découragée ? Possédez-vous un secret qui vous rende aussi dynamique et positive ? »

Oui, ce secret existe. Un jardin secret s'abrite dans les profondeurs de mon cœur. Il est peuplé de tous les gens que j'ai aimés, ceux qui m'ont un jour ou l'autre apporté de l'amour. Lorsque j'ai besoin de me recharger — la profession de médium, on s'en doute, n'est pas de tout repos ! — je me réfugie dans mon jardin secret. Et là, je discute avec mes grands-pères, avec ma grand-mère, avec Alphonsine. Ils me conseillent, m'orientent.

Voilà plusieurs années, j'en ai parlé avec un ami ethnologue. Il m'a assuré qu'il s'agissait d'une des coutumes des Indiens d'Amérique. Lorsqu'un problème les tenaillait, ils se réfugiaient au fond de la forêt, jusqu'à ce que leur « guide spirituel » les visite en rêve, pour leur apporter des conseils.

« Flavie, m'a recommandé cet ami, n'hésite jamais à descendre au fond de toi. Il est indispensable de garder le contact avec sa source. »

En vous aussi, ce lieu privilégié existe. Certes, je ne prétends pas faire de vous un médium. C'est un pur don, qui ne s'acquiert pas. Mais je suis certaine de pouvoir vous aider dans mille circonstances de votre vie, comme j'ai aidé des milliers de personnes à travers le monde. Grâce à la connaissance léguée par mes ancêtres, et confirmée par les dernières découvertes scientifiques, vous pouvez vivre mieux.

Comme moi, vous serez capables d'utiliser vos périodes bénéfiques, en amour, pour le travail, l'argent, la chance, la santé. Et vous contribuerez ainsi à l'harmonie universelle et au bonheur des hommes.

PREMIÈRE PARTIE

UNE LUMIÈRE DANS LA NUIT

I

Les hauts-lieux sous la Lune

La vérité est comme Dieu. Elle n'apparaît pas directement. Il nous faut la deviner à ses manifestations.

GOETHE

Dès l'âge de six ans, mes parents m'emmenaient en pèlerinage rendre hommage à sainte Isbergues, dans un village situé à quelques kilomètres de la maison familiale, près de Saint-Omer dans le Nord. Ce village a la chance de voir naître une source miraculeuse, qui guérit les yeux. Ma grand-mère me mettait de l'eau sur la tête et le visage chaque fois que nous y allions, comme lors d'un baptême.

Qui était cette sainte et pourquoi la fête du village se déroulait-elle le 7 mai ? Les gens du coin l'ignoraient, comme ils ignoraient pourquoi le village d'Isbergues était appelé Sainte-Isbergues. Il m'a fallu entreprendre moi-même des recherches pour découvrir les origines de ces lieux spirituels. Et là, j'ai découvert que la sainte portait en réalité mon propre nom : Gisella. Un prénom qui remonte aux Carolingiens !

Une nuit donc, je rentre de ce pèlerinage. Ma tante vient de se faire opérer des yeux et l'on s'inquiète beaucoup pour elle. Moi, bien sûr, je n'interviens pas dans la conversation des grands. Je fais ma prière et me couche tranquillement, apaisée par ce que je viens de vivre.

Durant la nuit je rêve que je fais comme ma grand-mère : je passe de l'eau sur la tête de ma tante. Et elle guérit !

Au matin je le raconte à ma mère.

— Tu te rends compte, maman, ma tante n'aurait pas eu besoin d'aller à l'hôpital.

Ma mère lui en parle. Elle a confiance dans mon don, car elle m'a vu déjà prédire pas mal de choses qui sont arrivées.

— Après tout, nous ne risquons rien à essayer, finit par dire ma tante, un peu sceptique tout de même.

Elles se décident à se rendre à la source dès la prochaine Nouvelle Lune. Je les accompagne. Je passe de l'eau sur la tête et les yeux de la malade. Puis j'en remplis une gourde, en lui recommandant de continuer chaque jour. Eh bien, en quelques semaines ma tante guérit de sa terrible maladie.

Les années passent, et je classe cet épisode dans un recoin de ma mémoire. Quinze ans plus tard, je reçois en consultation une jeune femme qui a aussi un problème d'yeux. L'image de sainte Isbergues me vient aussitôt. Mais je ne veux pas lui donner un faux espoir en l'envoyant à cette source miraculeuse. Ma tante est peut-être un cas unique... Pourtant, la nuit suivante, je refais le même rêve, celui de mon enfance. Je me vois passer de l'eau sur son visage. Je téléphone à ma consultante, et lui indique l'endroit exact de la source, ainsi que le jour le plus propice, trois jours après la Nouvelle Lune.

Elle s'y rend avec son mari. C'est une dame très pieuse, qui ne manque pas de prier devant les reliques de Saint-Pierre, le fondateur de l'Église, dont le village s'enorgueillit.

Cette dame guérit. Aussitôt je comprends qu'il est de mon devoir de faire revivre ce pèlerinage. Je suis moi-même très croyante et très respectueuse des choses de la religion. Je réunis quelques amis fidèles et nous voilà partis tous ensemble en car, un 7 mai.

Je me souviendrai toujours de ce moment extraordinaire : en file indienne, et dans un silence recueilli, nous descendons les marches qui mènent à la source. Puis nous prions, remerciant Dieu de ses bienfaits. Ensuite mes amis passent à tour de rôle dans la crypte. Je fais le geste de ma grand-mère, baignant leurs yeux de cette eau magique.

Depuis quinze ans, je me rends régulièrement dans ce village. J'ai constaté des résultats prodigieux. Ceux qui ont des maladies de peau guérissent également par les vertus de cette eau.

Mais au fait, qui est donc la fameuse Gisella, protectrice de cette source ?

D'après mes recherches, Pépin le Bref, fils de Charles Martel, le maire du palais devenu roi des Francs, habitait les Flandres. Sa femme était la célèbre Berthe-au-grand-pied. Pépin le Bref avait deux fils : Carloman et Charlemagne. Il a donné à la France deux saints : Charlemagne son fils, et « sainte Isbergucs », sa fille, qu'aucun manuel d'histoire, hélas, ne mentionne. Elle s'appelait Gisella en flamand.

C'était une belle jeune fille très pieuse. Elle vivait dans la forêt de Nieppes dans le château que son père avait fait construire pour la mettre à l'abri de la guerrc. Il décida de faire bâtir aussi une église à l'emplacement d'Isbergues, assez élevé, à l'époque entouré de forêts. Il demanda au pape d'être le parrain de sa fille Gisella. En remerciement, le pape lui envoya ce reliquaire de Saint-Pierre, qui s'y trouve toujours.

Gisella aimait prier dans cette église. Un monastère s'était édifié près de celle-ci, profitant du calme propice à la méditation.

De nombreux princes d'Europe demandèrent Gisella en mariage. Mais elle refusait, préférant se vouer à Dieu.

Souvent, on la voyait discuter avec un gentilhomme qui vivait dans une hutte. Il s'était retiré du monde et menait une vie d'ermite. Il fut d'ailleurs canonisé sous le nom de saint Venant. Il devint bientôt son confesseur. Grâce à lui elle se rapprocha encore de Dieu.

Or, un jour, un prince anglais vint la demander en mariage. Son frère Charlemagne la pressa d'accepter, pour renforcer ses alliances. Elle refusa encore, et supplia Dieu :

— Mon Dieu, vous qui m'avez donné cette beauté, enlevez-la-moi.

Sa prière fut réalisée. Dans les quelques jours qui suivirent, elle fut couverte d'une forme de lèpre et devint aveugle. Elle souffrit le martyre sans se plaindre. Son père fit venir des médecins de toute l'Europe. En vain. On lui interdit de revoir son confesseur. On accusa même celui-ci de vivre dans l'opulence grâce aux présents que lui offrait Gisella. Des brigands décidèrent de l'assassiner en secret.

Une nuit elle rêva qu'on lui disait :

— Le premier poisson qui sera pêché dans la Lys après la Nouvelle Lune, et que tu mangeras, sera le remède à tes maux.

Elle raconta cela à ses parents, qui aussitôt envoyèrent des pêcheurs jeter leurs filets. Ils s'activèrent en vain. Ils allaient revenir bredouilles quand brusquement quelque chose bougea dans les roseaux. Ils s'approchèrent, et découvrirent le corps de Venant, assassiné, sur lequel frétillait une anguille. Ils l'attrapèrent et la rapportèrent à la princesse, qui la mangea et guérit.

C'est en errant dans la forêt avec son bâton, quand elle était aveugle, qu'elle fit jaillir cette source miraculeuse. Les images saintes de Gisella la représentent portant un plat dans lequel se trouve une anguille.

Durant des siècles, cette source devint un prodigieux lieu de pèlerinage. Les gens y venaient de plusieurs pays. Hélas, par la suite elle fut abandonnée, et seuls s'y rendaient les habitants de la région.

Depuis quinze ans, de nombreuses personnes ont pu bénéficier de ses qualités miraculeuses. On en rapporte des bouteilles d'eau qui ne s'abîme pas, on en baigne les plaies. Les gens du village sont assez avisés pour y puiser leur eau quotidienne.

Une grande statue d'Isbergues surplombe la source qui jaillit au milieu d'un bac en pierre.

Lorsque je fis ce premier pèlerinage, il pleuvait à verse. Je dis à mes amis parisiens :

— Ne vous inquiétez pas, on arrêtera la pluie. Mais sachez que si on l'arrête à un endroit, on sera obligé de la reprendre en revenant.

La pluie s'arrêta net au milieu de la route. Il faisait une chaleur telle que les enfants envisageaient même de se baigner à Calais. Mais quand nous revînmes, nous reprîmes la pluie au même endroit ! En quelques mètres le car fut trempé.

L'eau joue aussi un grand rôle dans l'équilibre vital. La Lune, maîtresse de l'eau sacrée, devient l'alliée de qui la respecte. Voilà pourquoi il faut rester à l'écoute du monde. On y découvre des richesses insoupçonnées. Lorsqu'on reste curieux, que l'on garde une âme jeune, la vie devient souvent plus riche et plus amusante, malgré les drames.

Maintenant les années ont passé, mais j'ai gardé intacte la foi qui m'animait enfant...

II

Les grandes influences de la Lune

DEPUIS les temps les plus reculés, les astres ont exercé leur influence sur notre vie, sur nos sentiments, sur notre santé. Il y a le Soleil, bien sûr, qui procure chaleur, énergie. Et les planètes, comme les lointaines étoiles. Mais le luminaire qui me fascine, c'est la Lune, cette voyageuse de la nuit. Elle vit, grandit, se développe, assistant et suivant la naissance et la disparition des êtres par sa disparition et ses retours périodiques. Mais seule elle reste éternelle, symbole de la mort et du renouveau.

Il y a peut-être de moins en moins de romantiques qui contemplent le clair de lune. Moi, je crois en un jour futur où ce satellite, qui a toujours conservé sa face cachée et inviolée, nous surprendra. Les hommes alors lui rendront l'hommage qu'elle mérite, et comprendront son importance dans leur vie quotidienne. Moi-même elle me surprend encore. Pourtant, depuis longtemps, elle est mon amie. Sans elle, je n'aurais jamais pu réaliser ce que j'ai fait.

Mon grand-père maternel Philippe était compagnon ébéniste, mais c'était avant tout un grand philosophe. Il m'a laissé un merveilleux enseignement écrit et oral. Chaque fois qu'il revenait de ses longs périples, il me parlait longuement. Hélas, pour tous les Jean de la Lune, qui rêvent aux étoiles, la destinée est parfois cruelle. Un jour de Pleine Lune dans la lumière blafarde, il repartit dans le crépuscule... Il se promenait dans les champs, insouciant, les yeux dans les étoiles. C'était la période de l'Occupation. Il n'a pas entendu la sommation. Qu'est-ce que le couvre-feu lorsqu'on vit au rythme des saisons ?

Il est mort, tiré comme un lapin, sur la terre qu'il aimait tant. La Lune, son amie, a dû se voiler la face, de détresse, de peine.

J'étais bien jeune mais je me souviens. Il m'avait appris les herbes, les étoiles, mais surtout la Lune. D'après lui, toutes les âmes ont été créées au commencement du monde et dispersées dans l'univers. Depuis, elles cherchent leur chemin pour retourner d'où elles viennent.

Mon grand-père paternel, lui, a continué à m'enseigner sa connaissance de la nature, des grands cycles et des simples. Il vivait dans notre maison depuis le mariage de mes parents, ma grand-mère Flavie étant morte en couches. Elle aimait par-dessus tout la nature, et avait des ruches splendides. Elle vivait en harmonie avec le monde. Les animaux venaient à elle. Mon père me racontait avec beaucoup d'émotion comment elle soignait ses abeilles, sans aucune précaution. Par exemple, elle évitait de leur rendre visite les jours de Pleine Lune, pour éviter de les énerver. Lorsqu'elle rentrait à la maison, il en restait encore accrochées dans sa superbe chevelure. Jamais aucune ne l'a piquée.

Quelques jours après sa mort, mon grand-père décida de s'occuper des ruches. Or ma grand-mère Flavie était jusque-là la seule à s'en approcher. À sa grande surprise, il constata que les ruches étaient désertes. Il n'y avait plus une seule abeille. Surpris, les voisins et amis se pressèrent en nombre.

— Ces abeilles, dirent-ils, n'avaient qu'une seule maîtresse, elles sont parties chercher un autre domaine.

Quelques jours passèrent. Mon grand-père se rendit au cimetière pour honorer la mémoire de sa femme. Au comble de l'émotion, il découvrit un spectacle inoubliable. Entraînées par leur reine, toutes les abeilles s'étaient regroupées en essaim sur la croix de la tombe de Flavie.

« Bah, se dit mon grand-père, elles ont voulu dire au revoir à leur maîtresse. Maintenant il est temps pour elles de rentrer à la maison. »

Il revint le lendemain avec un ami. Ils reprirent l'essaim, et remirent les abeilles dans les ruches du jardin. Une semaine plus tard, il retourna aux ruches. Elles étaient de nouveau vides. Il se dit : « Bien. J'ai compris. Si elles sont là-bas, je ne les ramène plus. Je comprends qu'elles n'aient plus le goût de vivre ici. »

À quelque temps de là, il retourna au cimetière. L'essaim se trouvait de nouveau sur la croix ! Il s'approcha pour dire aux abeilles de ne plus s'inquiéter, qu'il les laisserait ici désormais. Il savait que les animaux comprennent les humains qui les aiment et les respectent.

Mais toutes les abeilles étaient mortes, inertes sur cette croix.

Lorsqu'il racontait cette histoire, mon père était toujours aussi bouleversé que ce jour-là. Il imaginait la reine donnant l'ordre à ses suivantes de mourir, car elles ne pourraient survivre à leur bienfaitrice.

Les insectes se meuvent dans le grand océan de la vie. L'homme est aussi régi par cette même force, par l'Être Suprême, le « divin », qui règle son destin, celui des animaux, et le ballet des astres.

Ni le premier souffle, ni le dernier ne nous appartiennent. Peut-être devrions-nous parler de Dieu et prier plus souvent, car Dieu unit, alors qu'hélas trop souvent les religions divisent.

Pour être heureux et accomplir notre devoir d'homme, respectons ce qui nous entoure. Nous ne sommes que les locataires de la terre, pas les propriétaires. Elle nous a été confiée, et nous devrions la respecter, dans notre propre intérêt. Si nous marchons tous dans la même lumière, qu'importent les douleurs qui nous éprouvent, les routes ou les chemins que nous empruntons. Malheureusement l'homme, je le crains, n'a pas encore atteint sa maturité spirituelle. L'évolution va parfois au rythme de l'escargot... L'homme n'est rien, mais il appartient au grand Tout, même si son intelligence le lui fait oublier.

Quand ce moment arrivera, le moment de la maturité, de la raison, l'homme pratiquera alors la seule religion qu'il puisse maîtriser, la religion intérieure. Alors, quelle force ne pourra-t-il pas mettre en mouvement...

Écoutons Aristote : « La nature ne fait rien en vain. » Comme il a raison... Tout est utile, tout a sa place, tout ce qui vit mérite de vivre.

Aujourd'hui l'angoisse vous guette au détour de votre âme, de votre chemin. Cachée, puis étalée, hurlée, elle est cette maladie qui vous frappe, vous happe un jour. C'est un mal du siècle, engendré par cet autre mal : la solitude. Le traitement médical peut sans doute réussir parfois, mais à ma connaissance il n'existe qu'un remède : l'amour, l'amitié, la compréhension.

En prenant conscience qu'une intelligence supérieure dirige le monde, en accueillant les leçons de la plus humble parcelle de vie, en restant à l'écoute des autres et de lui-même, l'homme peut libérer les forces positives qui sont en lui. Soyez à l'écoute de votre être intérieur, de ce miroir qui reflète celui que vous serez un jour, celui qu'au fond de vous vous êtes déjà.

La Lune, ce miroir du monde, vous soutiendra.

III

Les cycles de la Lune

Il est indispensable pour votre équilibre et votre santé de tenir compte de l'influence magïque et bienfaitrice de la Lune. Gérard de Nerval n'a-t-il pas sublimé le cosmos et la terre, la matière et l'esprit, Dieu et l'Homme ?

Depuis toujours, les hommes ont vu dans le cycle de la Lune un symbole de leur destin. La Lune naît, grandit, s'épanouit, puis décroît. Elle meurt, mais c'est pour renaître à nouveau. Elle est soumise à la loi cosmique de l'évolution, qui part du néant pour aller vers la vie, avant de retourner au néant. Comme l'homme, et tout ce qui vit, qui va de la naissance à la mort.

Au printemps la nature fleurit. Les blés germent. Les animaux entament leur parade d'amour. Le printemps est une période où la Lune participe au rajeunissement de la création, à la fête de la sève montante.

Puis c'est l'été, où la nature produit en abondance. Dans l'été de sa vie, l'homme, en possession de tous ses moyens, donne le meilleur de lui-même.

Ensuite l'automne nous permet de réfléchir, de faire le point, et nous prépare à affronter le vieillissement et la mort. C'est l'époque du repos, de la sérénité.

Quand l'hiver vient, il faut économiser son énergie qui dormira avant de redoubler au printemps. Voici venu le temps de la méditation...

Les différentes phases de la Lune

Les astronomes ont observé que la Lune comportait plusieurs phases. Les Grecs anciens avaient déjà calculé sa rotation en observant l'ombre qu'elle projette sur la terre. La Lune tourne sur elle-même, et en même temps tourne autour de la terre. Comme sa rotation a lieu dans le même sens que sa révolution autour de notre planète, la Lune nous présente toujours la même face. Les anciens croyaient que la face cachée de la Lune était habitée. Aujourd'hui, grâce aux satellites, on sait qu'il n'en est rien.

Les astronomes appellent cette ellipse une révolution sidérale. Elle dure 27 jours, 7 heures et 43 minutes. Elle comprend plusieurs phases, qui correspondent aux positions de la Lune par rapport à la Terre et au Soleil.

La Lune montante

La Nouvelle Lune, ou Lune montante, au début, est invisible à nos yeux: elle se trouve en conjonction par rapport à la Terre et au Soleil. Quelques jours plus tard, on distingue un croissant tourné vers le couchant. Une semaine plus tard, ce croissant est devenu demi-cercle. On l'appelle le Premier Quartier.

Premier Quartier
ou Lune Montante

Dernier Quartier
ou Lune Descendante

La Pleine Lune

Deux semaines après la Nouvelle Lune, nous voyons toute la partie éclairée par le Soleil. C'est la Pleine Lune.

Les peuples anciens pensaient volontiers que la Pleine Lune provoquait la folie. C'est à cette période que le diable montrait ses cornes, que les loups-garous sortaient du bois, qu'avait lieu le « sabbat » des sorcières, mais aussi, souvent, les miracles des saints. Il ne faisait pas bon sortir de chez soi une nuit de Pleine Lune, car les pires calamités vous guettaient !

Il y a beaucoup de bon sens dans cette certitude. Les médecins et les policiers constatent que, ces nuits-là, les délits et les crises se multiplient. Hôpitaux et commissariats ne chôment pas. Les tentatives de suicide sont également plus nombreuses. Les pulsions criminelles jaillissent. On devient très sensible, maladroit, on a les nerfs à vif. Le sommeil tarde à venir, est très agité, peuplé de rêves pesants. Les personnes qui souffrent de problèmes pulmonaires sont plus souvent en crise entre le premier quartier et la Pleine Lune.

La lumière de la Pleine Lune détient un pouvoir très vif. Elle décolore vos rideaux et ternit la peinture de votre voiture. N'oubliez pas de ranger celle-ci dans un garage, durant les nuits qui entourent cette phase.

Mais la Pleine Lune dégage aussi des influences bénéfiques, si on sait les utiliser. Dans mon précédent ouvrage, j'ai expliqué pourquoi je sors mes cailloux pour les exposer à son rayonnement, et en renforcer les pouvoirs magiques.

La lumière de la Pleine Lune peut beaucoup pour vous. Je donne souvent ce conseil. Si vous êtes malade et que votre cas est désespéré, demandez à ce qu'on sorte votre lit cette nuit-là. Être exposé à ce rayonnement peut se révéler prodigieusement bénéfique. Mais attention: pas plus d'une heure, sinon les rayons de la Lune risqueraient de vous brûler. Bien souvent cela vous redonnera de l'énergie pour lutter contre la maladie.

Dernier quartier

Une semaine après la Pleine Lune, un demi-cercle seulement est visible: c'est le dernier quartier. Elle retrouve la forme d'un croissant, mais tourné cette fois vers le Levant. Toujours lancée sur son orbite, la Lune entre de nouveau en conjonction avec le soleil. Une Nouvelle Lune naît.

La Lune rousse

Souvent, on me demande ce qu'est exactement la Lune rousse. C'est la Pleine Lune qui se trouve à la fin du mois d'avril, ou la première Lune de mai, la première après Pâques. Ses propriétés maléfiques sont bien connues, car à son apparition correspondent les gelées de printemps qui roussissent les plantations. Aussi est-elle associée à une idée de calamité. Il faut rentrer ses plantes en pots durant cette période, et éviter de s'exposer à sa lumière.

On dit en effet que « Lune rousse vide la bourse », et que « Récolte n'est assurée que la Lune rousse ne soit passée ».

Pour conjurer ses effets, les agriculteurs doivent s'adresser, selon les régions, à leur saint patron : saint Georges, saint Marc, saint Nicolas et saint Antoine.

L'heure lunaire

Le jour de la Lune, c'est, comme son nom l'indique, le lundi. L'heure lunaire par excellence, c'est entre 22 heures et 24 heures. Vous pouvez faire à ce moment-là des projets de voyage, de changements de vie, de déménagement. C'est l'heure propice aux grandes mutations, aux bouleversements. Les savants appelleraient cela : évolution. Durant longtemps vous avez accumulé l'énergie, et maintenant vous allez la laisser sortir. Elle va jaillir de vous, claire comme la Pleine Lune, et vous inspirer des conduites à tenir et des solutions aux problèmes anciens.

Donc, si vous avez une décision importante à prendre, attendez cette heure-là : ce qui sera décidé vous conviendra bien mieux que ce qui est décidé n'importe quand.

Notre vie se divise en cycles, mais aussi en zones favorables et défavorables. En médecine chinoise, la journée est divisée en zone active et zone passive, une période où les forces ésotériques sont amies de l'homme, une période où elles sont ennemies. Entre trois heures de l'après-midi et trois heures du matin, vous êtes soumis aux forces négatives, et vous vous trouvez en état d'infériorité : idées noires, fatigue... À trois heures du matin, c'est l'équilibre. Par exemple, un malade encore en vie à cette heure-là reprendra peu à peu des forces. Entre trois heures du matin et trois heures de l'après-midi, les forces de la terre et les forces de l'homme s'harmonisent, vous êtes efficace, plus optimiste, plus dynamique.

Les éclipses

Lorsque la Lune traverse le cône d'ombre projeté par la Terre, il y a éclipse de Lune.

Je me méfie des éclipses. Elles libèrent souvent des forces maléfiques. Durant cette période, j'évite de me déplacer ou de me lancer dans une nouvelle entreprise. En aucun cas je ne signe un engagement ce jour-là. C'est le moment où les maladies héréditaires ou graves se manifestent avec le plus d'acuité. Les personnes souffrant de troubles oculaires les ressentent de manière éprouvante. Les femmes, de leur côté, souffrent souvent de l'utérus ou des ovaires.

Les influences maléfiques des éclipses s'étalent sur plusieurs jours: trois jours avant, trois après. Même si les événements néfastes n'ont pas toujours lieu, Dieu merci, ce qu'on entreprend est souvent éphémère, aussi peu durable que l'éclipse.

Mon conseil: n'entreprenez rien d'important durant cette période, vous risqueriez de vous en repentir. Ni fiançailles, ni mariage, ni déménagement, ni inauguration de locaux, et évitez les démarches professionnelles.

La nature entière subit ce phénomène. Il semble que la vie va s'arrêter. Tout a l'air pétrifié. Les oiseaux se blottissent dans leur nid. Les animaux des bois et des champs se cachent. Des plaintes trouent la nuit : ce sont les chiens, dont le long hurlement monte en vain vers le ciel noir.

Par une nuit semblable, lors d'une éclipse de Lune, je me trouvais en Sologne, chez des amis. Vers minuit, nous décidâmes de faire une promenade dans la forêt proche, pour tenter de percer le secret de cette nature inquiète. C'était la première fois que je venais dans cette région de chasse, et ne connaissais rien du site ni de son histoire. Je ne voulais pas perdre l'occasion de m'instruire au contact de cette nuit particulière.

Notre petit groupe, une dizaine de personnes, avançait en file indienne dans un chemin de forêt. Nous parlions très peu, à voix basse, pour ne pas troubler le recueillement de la forêt. Rien ne bougeait. Nul cri de chouette, nul frémissement sous les branches des arbres. Même les insectes semblaient avoir disparu.

Subitement, nous voyons devant nous une forme blanc nacré qui passe... Aussitôt quelque chose en moi me dicte : « Il s'agit d'une procession de moines. » Pourquoi est-ce que j'ai pensé à cela ? Je ne le saurai jamais. Il s'agissait d'une évidence, comme si je désignais un arbre en disant : « c'est un arbre ». On aurait dit une vision accrochée au lieu. Les moines du temps jadis avaient imprégné la forêt d'une telle puissance, d'une telle foi, qu'elle en était à jamais marquée.

Je continue : « Ils ont les pieds bandés... Avançons vers ce contrebas, une rivière y coule. »

Toujours muets de surprise et d'émerveillement, nous découvrîmes une source qui sortait de terre dans un éboulis de pierre. « C'est une vision, dis-je à mes amis. Les moines que je viens de voir venaient panser leurs plaies et soigner leurs pieds. Il s'agit d'un chemin de passage des pèlerins de Compostelle. »

Des mois plus tard, après la parution de mon premier livre, mes amis m'informèrent qu'ils en avaient parlé à un vieux paysan. Voilà ce qu'il leur a raconté : jadis, c'était le chemin des Pèlerins que Benoît-Joseph Labre empruntait. Or, l'histoire de ce saint a bercé mon enfance. Né à Amettes, dans l'Artois, en 1748, près de mon village natal, il mourut en 1783 à Rome. Chaque fois qu'il passait dans mon village, il ne manquait pas de s'arrêter chez mes aïeuls. Mon père me racontait ceci, qu'il tenait de ses propres grands-parents. Benoît venait les saluer, en toute simplicité. Il mangeait peu et ne possédait rien. Les choses de ce monde ne l'intéressaient pas. Il parcourait l'Europe en moine pèlerin, sans mendier. On dit qu'il fit ainsi dix-sept fois le chemin de Rome, en procédant à de nombreuses guérisons. Une telle sérénité émanait de lui que les gens faisaient de longs parcours pour aller à sa rencontre. Il fut d'ailleurs canonisé par le pape.

Lors de cette nuit d'éclipse, Benoît-Joseph Labre se trouvait parmi les moines pèlerins. Avait-il voulu me faire un signe amical d'encouragement, à travers les siècles ? C'est bien possible. Je suis en effet persuadée que les êtres de lumière ont vaincu le temps. Pour ceux qui furent assez bons pour se débarrasser de la méchanceté et de l'égoïsme humains, les frontières des années n'existent plus. Ils peuvent, et nous en avons d'innombrables preuves, venir nous guider, nous montrer la voie, nous prodiguer conseils et encouragements.

Le symbolisme de la Lune

Notre corps est composé aux trois quarts d'eau, presque autant que les plantes, les arbres, les légumes. Il est donc évident que nous sommes soumis à son rythme. C'est de la

Lune que dépendent les marées, les pluies, la répartition des eaux sur le globe terrestre, la fertilité du sol. Les hommes, comme les animaux, sont assujettis à des marées biologiques, dont l'amplitude atteint son maximum lors de la Pleine Lune et de la Nouvelle Lune.

On comprend pourquoi les premiers calendriers furent des calendriers lunaires. Vu l'importance de la Lune, il était indispensable de calculer sa course, car d'elle, autant que du Soleil, dépendaient les récoltes, la santé, la fécondité des animaux et de la nature. En anglais, les mots mois (*month*) et lune (*moon*) sont restés très proches.

Les savants nous ont assuré que le passage de « l'homme préhistorique » à « l'homme » s'est fait par la conscience de la mort. « L'homme est une matière qui se sait mortelle », a dit l'un d'eux. On a pu ainsi découvrir les premières traces de civilisation dans les rites funéraires. À partir du moment où les hommes ont brûlé ou enterré leurs cadavres avec des objets sacrés et des armes, ce n'étaient plus des animaux.

La Lune a joué un grand rôle dans cette prise de conscience. Chaque mois lunaire, elle disparaît pendant trois nuits. Elle est devenue invisible, comme les morts. Imaginons la frayeur de nos lointains ancêtres, bien incapables de s'expliquer cet étrange phénomène! Mais voilà qu'elle renaît pour bientôt à nouveau dominer le ciel nocturne.... C'est pourquoi les hommes ont vite appris que la vie appartenait à un grand cycle qui traversait les millions d'années, et que la mort n'était jamais définitive: mourir, c'est quitter le monde de la matière pour passer à un autre état.

De tous les corps célestes, la Lune est la plus proche de nous. Elle nous féconde, pourvu que nous suivions l'enseignement transmis par nos ancêtres. Les savants ne furent pas les seuls à passer leurs nuits en minutieuses et passionnantes observations. Les poètes aussi se sont toujours inspirés de sa clarté pour percer les mystères du monde.

Goethe, comme les plus grands, l'a aimée et honorée. Les vers qu'il lui adressa prendront donc une signification particulière :

Étends sur mes campagnes
Ton regard inspirant
Comme sur mon Destin
L'œil indulgent d'un ami.

IV

Quand la vie vous fait signe

À défaut d'autres preuves, le pouce ne convaincrait-il pas de l'existence de Dieu ?

NEWTON

J'AIME à dire que, sur terre, tout est signe et nous fait signe. Il suffit d'apprendre cette langue universelle, de savoir interpréter chacun d'entre eux, même le plus humble, pour que s'ouvrent devant nous de nouveaux horizons. Il suffit d'apprendre à voir, à écouter le moindre frémissement de l'univers lorsqu'il se manifeste.

Par exemple, le jappement d'un chien familier qui vient à votre rencontre peut signifier son bonheur de vous voir. Mais il annonce aussi une lettre dans les quarante-huit heures. De même, si vous croisez une charrette ou un camion rempli de paille ou de fourrage.

Les oiseaux volent très haut dans le ciel : beau temps. Au contraire, ils volent bas : mauvais temps. Les chats passent leur patte derrière les oreilles : il va pleuvoir.

Une de mes amies a un « truc » qu'elle utilise souvent.

Lorsqu'elle est indécise, et qu'elle doit prendre une décision dans la journée, elle additionne les chiffres de la plaque d'immatriculation de la première voiture qu'elle rencontre. Si le total est impair, c'est un signe bénéfique, elle répond oui. Si le total est pair, elle s'abstient.

Au clair de Lune, fermez les yeux et tournez sur vous-même plusieurs fois, de façon à ne pas savoir où vous êtes. Puis ouvrez les yeux. Si la Lune est à votre droite, le bonheur vient à vous, et la chance, même aux jeux de hasard. Si elle se trouve à votre gauche, c'est moins bon.

Le vent qui souffle sur les Rameaux soufflera sur la moisson. Le temps qu'il fait entre Noël et les Rois sera le temps qu'il fera les douze mois suivants. Si la Pleine Lune brille dans un ciel sans nuage, ce n'est pas bon signe pour le temps qu'il fera.

Observez les pies. Si elles nichent au sommet des arbres, la saison sera plutôt bonne. En revanche, si elles font leur nid sous celui de l'année précédente, cela signifie qu'elles craignent le mauvais temps. Si les hirondelles sont encore là à la Saint-Michel, l'hiver viendra après Noël.

S'il fallait démontrer les correspondances entre l'univers et nous, cette anecdote, qui m'est arrivée dans les Pyrénées, les illustre bien.

J'étais partie voir des amis qui habitaient dans cette région. Ce soir-là, je conduisais, seule dans ma voiture, m'arrêtant souvent pour consulter la carte. J'avais dépassé Thuir. Lorsque je vis ces montagnes noires et crayeuses, je crus ne jamais arriver en haut. C'était le premier grand voyage que je faisais de ma vie. Au sommet du col se trouvait une immense croix, visible de loin. L'ambiance était pesante, crépusculaire, oppressante. La route, en épingles à cheveux, était terrible. Bientôt la Lune inonda le paysage d'une lumière blafarde, qui me fit frissonner malgré moi.

Brusquement, alors que j'arrivais en haut, je m'aperçus

que ce que j'avais pris pour une croix était en fait une pierre dressée vers le ciel.

Et soudain ma voiture s'arrêta, sans que j'aie touché le volant ou les pédales. L'émotion m'étreignit tandis qu'une forme blanche traversait la route devant moi, une forme transparente, pareille à une boule de lumière.

Tremblante, j'eus du mal à remettre ma voiture en marche. Je mis un temps fou pour rejoindre le village, à deux kilomètres de là. J'étais livide, au bord de la crise de nerfs.

Comme mes amis s'étonnaient de mon aspect, je leur racontai l'incident. J'avais vu un ectoplasme... Certains d'entre eux ne me crurent pas. Mais un habitant de la région, qui se trouvait là, expliqua que sous ce haut monument de pierre reposait une cantatrice mauresque, enterrée face à La Mecque. Or il se trouve que d'autres personnes avaient vu cet ectoplasme avant moi, juste avant que ne se produise dans leur vie un grand bouleversement.

Dans les jours qui suivirent, sans en être obnubilée, je me préparai inconsciemment à recevoir un choc. Et peu de temps après, survint en effet un drame qui devait bouleverser ma vie. Cette cantatrice avait voulu m'en avertir.

V

Pour choisir le sexe de son enfant

Pour que l'enfant soit du sexe désiré, il faut qu'au moment de la fécondation, la Lune passe dans un signe féminin si on veut une fille, dans un signe masculin, si on veut un garçon. Cette méthode, vérifiée aux États-Unis, donne des résultats formidables. On se demande vraiment pourquoi les hommes passent leur temps à chercher midi à quatorze heures, quand la nature leur offre des solutions efficaces.

Les signes masculins sont les trois signes d'air (Gémeaux, Balance, Verseau) et les trois signes de feu (Bélier, Lion, Sagittaire).

Les signes féminins sont les trois signes de terre (Taureau, Vierge, Capricorne) et les trois signes d'eau (Cancer, Scorpion, Poisson).

Vous trouverez à la fin de ce livre un tableau représentant la position de la Lune lors de son passage dans les signes zodiacaux. Même s'il est bon de laisser la nature décider du sexe de son enfant, lorsque l'on a déjà deux ou trois garçons, ou deux ou trois filles (ou même davantage !) on comprend le souhait des parents de planifier un peu la composition de leur famille… Vous vous reporterez également à ce tableau lunaire pour prendre vos médicaments ou décider d'une opération au moment favorable pour vous. Sauf, cela va de soi, dans le cas d'urgence, où la sauvegarde de la vie doit passer avant toute autre considération.

Les personnes qui vivent au bord de la mer disent qu'on doit naître avec la marée montante, et partir avec la marée basse.

Sachez enfin que la Pleine Lune facilite les accouchements. Si un enfant naît durant cette période, l'enfant suivant sera du même sexe. Si la Lune a changé trois jours plus tard, ce sera un enfant de l'autre sexe.

Le sel, ce cristal de lune

Depuis l'Antiquité, on respecte cette substance qui conserve la vie : le sel, matière bénéfique et sacrée. Dans les formules magiques des papyrus égyptiens, le sel tient une place importante. Il sert d'offrande aux dieux, pour la protection des maisons et des animaux, et, dit-on, pour conjurer le mauvais sort. La valeur du sel est appréciée dans toutes les civilisations et dans toutes les religions. Jésus dit à ses disciples : « Vous êtes le sel de la terre. »

On l'emploie dans beaucoup de cérémonies religieuses, à commencer par le baptême. Pour, dit-on, se protéger des démons.

Je conserve en permanence, dans une grande jarre de terre, du sel gris auquel je fais prendre des bains de Lune, de la Nouvelle Lune à la Pleine Lune.

Je vous révèle un secret : lorsque quelqu'un entre dans un nouveau logement, une nouvelle maison, je leur prépare, dans un carré de toile, une poignée de sel gris. Ensuite, j'y ajoute différentes pièces de monnaie, peu importe leur valeur.

Lorsque la personne entre pour la première fois après avoir acheté ou signé le bail, elle doit jeter le contenu du sachet dans les différentes pièces de sa maison. Attention, ne ramassez pas la monnaie en passant l'aspirateur ; celle-ci doit demeurer sous les meubles. Le gros sel gris, quant à lui, disparaîtra au fur et à mesure.

Cette action vous apportera la joie, la prospérité et vous protégera des maladies. En effet, le sel capte les ondes négatives et restitue des ondes positives, comme les plantes qui fabriquent de la chlorophylle et absorbent l'oxygène pollué.

Trouver une pièce de monnaie lors d'une averse, ou dans une tempête, est favorable. On dit qu'elle renferme des pouvoirs bénéfiques, car elle vient du ciel.

Dans certaines provinces, on pratique toujours la bénédiction des maisons. L'idéal, c'est qu'un prêtre le fasse, mais sinon, vous pouvez vous-même parcourir les pièces de votre nouvelle maison en projetant de l'eau bénite et en faisant le signe de croix. Il faut dire : « Paix dans cette maison et à ceux qui vont l'habiter. Prions Dieu d'envoyer l'Ange qui sera le protecteur de cette maison. »

Le secret des pierres, des couleurs et des signes

Le monde étant un vaste réseau de correspondances, il est utile de connaître les métaux, les pierres et les couleurs qui s'accordent à votre personnalité. En les portant, vous attirerez la chance, vous vous sentirez plus à l'aise avec les autres, mieux dans votre peau, et une subtile harmonie vous habitera.

Voici, signe par signe, le métal qu'il vous faut porter, ainsi que la pierre et la couleur qui vous sont bénéfiques. Notez que leurs effets sont plus remarquables en Nouvelle Lune et en Pleine Lune.

Bélier : métal : le fer ; pierre : le rubis ; couleur : le rouge.

Taureau : métal : le cuivre ; pierre : le saphir ; couleur : le vert pâle.

Gémeaux : métaux : l'argent et le platine ; pierre : l'agate ; couleur : le bleu vif.

Cancer : métal : l'argent ; pierre : l'aigue-marine ; couleurs : le blanc et le vert pâle.

Lion : métal : l'or ; pierre : le rubis ; couleurs : le jaune et les différentes nuances de l'orange.

Vierge : métal : l'argent ; pierre : l'onyx ; couleurs : l'ocre, le marron et les teintes d'automne.

Balance : métal : l'or ; pierre : le diamant ; couleurs : le pastel et le bleu ocre.

Scorpion : métal : le fer forgé ; pierre : le rubis ; couleurs : le rouge et le noir.

Sagittaire : métaux : l'argent et le platine ; pierres : l'émeraude, l'améthyste ; couleurs : le violet, le pourpre, le noir.

Capricorne : métal : l'or ; pierre : l'onyx ; couleurs : le brun foncé, le gris foncé.

Verseau : métal : l'argent ; pierre : l'améthyste ; couleurs : le gris pâle, le bleu foncé.

Poissons : métal : le platine ; pierre : l'émeraude ; couleurs : le vert irisé, le gris irisé.

VI

La Lune et la destinée

L'ASTROLOGIE moderne nous donne d'excellents aperçus sur notre personnalité et les événements qui nous attendent, en fonction de notre signe solaire. Mais la position de la Lune est également très importante, et même davantage à mes yeux. Les jours heureux que nous sommes amenés à connaître, ou moins heureux, dépendent des humeurs de la Lune, et de son influence lors de notre naissance.

Lorsque l'on se trouve dans une année de treize Lunes, on dit qu'une influence maléfique s'exercera sur les rapports entre les pays : risques de conflits, terrorisme, cataclysmes naturels...

En revanche, ceux qui naissent durant une année de treize Lunes domineront leurs adversaires. Ils bénéficient d'un ascendant quasi magique sur les êtres et les choses. Ce sont souvent des meneurs d'hommes. 1989 sera une telle année.

La Lune, cette magicienne aux grands pouvoirs, se révèle météorologue, médecin, et surtout préside à nos élans amoureux. Pourtant, si elle dirige nos vies, elle garde son rythme immuable. Elle contemple la terre des hommes, impassible. Les hommes l'ont violée, mais aucun ne connaît réellement son secret, qu'elle soit un croissant aux cornes pointues ou une immense Pleine Lune éblouissante.

Nous allons maintenant étudier vos atouts et vos handicaps en fonction de la position de la Lune au moment de votre naissance. Cette recherche, qui exige un certain calcul, peut être effectuée par quelqu'un comme l'auteur ou par votre astrologue habituel.

Vous êtes né...

...en Pleine Lune

Les personnes nées sous la Pleine Lune aiment la vie avec une avidité féroce. De tempérament fonceur, elles maîtrisent les obstacles, mais se cognent aux portes fermées. Elles sont de caractère farouche, indépendant, casse-cou : de quoi remplir une existence pleine d'aventures.

...en Nouvelle Lune

Les personnes nées sous la Nouvelle Lune sont un peu timides, réservées, inconscientes des pièges de la vie. On pourrait les croire sournoises, mais en réalité elles sont discrètes, émotives, sensibles. Elles sont dévouées aux autres, et très sensibles aux ondes ambiantes. On les apprécie, car elles sont apaisantes.

Les personnes nées à la Nouvelle Lune font une projection de leurs rêves et de leurs idéaux dans leur vie. Freud, lui, était né sous une éclipse.

...en Lune croissante

Les personnes nées en Lune croissante, de la Nouvelle Lune au Premier Quartier, sont créatives, instinctives. Mais leurs rêves ne sont pas toujours concrétisés. Ce sont des poètes, des écrivains. Quelquefois, les énergies mal canalisées déferlent en vagues désordonnées.

Du Premier Quartier à la Pleine Lune, l'activité est plus concrète, la personnalité plus affirmée. Le but à atteindre, parfois difficile, n'est pas un obstacle insurmontable.

Lorsque nous approchons de la Pleine Lune, si vous êtes né un jour ou deux avant, vous devriez avoir la chance de réussir, et la force nécessaire pour aplanir les difficultés. Vous pouvez aussi connaître des éclairs de génie, devenir un précurseur.

...au Dernier Quartier

Les naissances se déroulant de la Pleine Lune au dernier quartier, donneront des êtres plus pondérés, des humanistes à la conscience sensible. L'élément de conflit intérieur est fort, surtout en politique.

Ceux qui naissent quelques jours avant la Nouvelle Lune sont des savants. Ils disposent d'un esprit créatif, inventif, avec une vision toujours projetée dans le futur.

Le Mont de la Lune

Dans la paume de votre main gauche, le mont de la Lune se trouve sous l'auriculaire, et s'étend jusqu'à la première rascette. La ligne de tête s'y jette et s'y termine, la ligne de cœur y commence. La ligne du Soleil et la ligne de Chance y prennent leur départ.

Si votre mont de la Lune est proéminent et marqué de nombreuses stries, vous aimez les voyages, les changements, vous êtes doué pour l'écriture et possédez une bonne dose d'originalité, parfois d'extravagance.

S'il est peu charnu, vous manquez d'imagination, vous craignez les expériences nouvelles et vous êtes ennemi des changements et des voyages.

La lame XVIII du tarot de Marseille

Cette lame du tarot de Marseille, dont l'origine est probablement égyptienne, représente la Lune. C'est déjà un secret, lorsque nous la regardons. Le sens caché de cet arcane peut nous surprendre. La Lune nous montre toujours la même face. Le côté mystérieux est enfermé dans cette figure.

Cette lame personnifie le lien invisible qui unit les deux plans, le physique et le cosmique. La Lune y symbolise les rêves secrets de l'homme, et les flux et les reflux des passions qu'il sent monter en lui, comme des marées. Elle est représentée en bleu, couleur psychique.

Les dix-neuf rayons ou larmes qui tombent sur le sol signifient que la Lune a une importance considérable sur la terre. Les couleurs bleu, rouge et blanc, font remarquer qu'elle peut influencer les divers plans, psychique, physique et surtout spirituel, en y ajoutant une touche mystique.

Les tours jaunes se dressant à l'arrière de la Lune signifient l'imagination, pas forcément créatrice. Cette lame nous rappelle que ce que nous voyons n'est peut-être qu'un mirage.

Les chiens aux abois montrent que vous êtes en proie à des forces incontrôlées. Ils symbolisent les luttes que vous devez affronter pour défendre vos idées. L'écrevisse, bête qui vous accroche avec ses pinces comme le scorpion, indique que vous êtes sous l'emprise d'une force terrible. Serez-vous le plus fort ? Oui, lorsque vous réaliserez que vous êtes dans un rêve utopique.

D'ailleurs, l'eau dans laquelle se trouve l'écrevisse indique que la Lune meut tout l'élément liquide, dont vous, l'humain. L'écrevisse vous rappelle que vous vous trouvez dans cet océan, vous débattant pour remonter à la surface, et prendre appui sur la terre, donc sur le concret. Elle représente, comme le crabe, la fécondation. Il faut donc tenir compte de l'importance des faces de la Lune, y compris pour la fécondation *in vitro*.

Lorsque vous manipulez ce jeu de tarots, vous êtes habité par une pensée, une préoccupation. Posez alors votre question. Si la Lune (arcane XVIII) sort dans les cinq cartes que vous tirez, c'est que vous êtes dans l'erreur. Ne persistez pas, ou sachez que vous irez vers une illusion. Cette lame représente les rêves chimériques et inaccessibles de l'homme, enfantés dans l'obscurité de son subconscient. C'est aussi l'arrêt momentané des choses, peut-être simplement durant le temps de la lunaison.

La tradition veut que la lame XVIII soit attachée à l'élément de l'intuition, aux rêves. À Delphes, en Grèce, on rendait les oracles pendant la Nouvelle Lune. Pendant la

Pleine Lune en revanche, le rituel était entièrement fondé sur la fécondité. Les femmes stériles venaient consulter à cette période. Pendant la Lune décroissante, on pratiquait la voyance en utilisant comme support les arbres, les plantes, le vol des oiseaux. À Éphèse, sanctuaire lunaire, on consultait la devineresse qui s'exprimait par l'eau.

DEUXIÈME PARTIE

LE CHANT DES SIGNES

I

Les signes de l'Orient

A la différence de l'astrologie occidentale, fondée sur les rythmes solaires, l'astrologie chinoise est fondée sur les cycles de la lune. Cela explique que le Nouvel An chinois et vietnamien ne tombe jamais exactement à la même date, entre la mi-janvier et la mi-février.

D'après la légende, Bouddha appela tous les animaux de la création à venir le voir. Les douze premiers qui répondirent à son appel reçurent en récompense une année. C'est ainsi qu'il y a douze signes chinois (cycle de Jupiter), dans l'ordre d'apparition : le rat, le buffle (ou bœuf), le tigre, le chat (ou lièvre), le dragon, le serpent, le cheval, la chèvre, le singe, le coq, le chien, le sanglier (ou cochon). Tous les soixante ans, une année supplémentaire, appelée l'année du cheval de feu, ajuste le cycle.

Pour connaître votre signe chinois, il vous suffit de connaître l'année de votre naissance. L'année du Rat étant tombée en 1900, il est facile de calculer les signes de tous nos contemporains.

La numérologie étant un domaine fondamental, j'ai calculé, pour chaque signe né au vingtième siècle, le nombre secret qui lui correspond. Il indique les points forts de votre personnalité. Conservez en mémoire ce nombre. Votre vie se déroule sous son influence.

Le Rat

Vous êtes Rat si vous êtes né	Votre Nombre
du 31/1/1900 au 19/2/1901	8
du 18/2/1912 au 6/2/1913	2
du 5/2/1924 au 25/1/1925	1
du 24/1/1936 au 11/2/1937	1
du 10/2/1948 au 29/1/1949	3
du 28/1/1960 au 15/2/1961	8
du 15/2/1972 au 2/2/1973	11
du 2/2/1984 au 19/2/1985	4
du 19/2/1996 au 6/2/1997	9

Vous êtes distingué, énergique, méticuleux et sociable. Plutôt intellectuel, vous êtes également honnête et sentimental.

Parfois, des sentiments contraires peuvent vous agiter, et vous pouvez vous montrer soupçonneux, avide de pouvoir, inquiet et profiteur.

Si vous êtes né dans l'année du Rat, et que c'est votre année (la prochaine sera en 1996), préservez votre avoir, faites des plans pour l'avenir. C'est une année idéale pour réaliser des achats immobiliers, et engranger. Le plomb peut se transformer en or.

Le Buffle ou le Bœuf

Vous êtes Buffle si vous êtes né	Votre Nombre
du 19/2/1901 au 8/2/1902	8
du 6/2/1913 au 26/1/1914	1
du 25/1/1925 au 13/2/1926	7
du 11/2/1937 au 31/1/1938	9
du 29/1/1949 au 17/2/1950	5
du 15/2/1961 au 5/2/1962	7
du 3/2/1973 au 22/1/1974	1
du 20/2/1985 au 8/2/1986	6
du 7/2/1997 au 27/1/1998	8

Ceux qui sont nés l'année du Buffle sont travailleurs, durs au labeur, et aussi durs à la souffrance. Ils possèdent souvent l'esprit de sacrifice, sont persévérants, modestes et silencieux.

Ils peuvent, à l'inverse, se montrer parfois lents, lourdauds, entêtés, autoritaires, rigides et jaloux.

La prochaine année du Buffle sera 1997. Si vous travaillez dans le secteur commercial, surtout touchant l'alimentaire ou l'agriculture, ce sera une année de grande récolte. Mais, sur le plan politique mondial, l'année ne sera pas calme. On assistera à des révoltes dans certains pays, des renversements de situation.

Le Tigre

Vous êtes Tigre si vous êtes né	Votre Nombre
du 8/2/1902 au 29/1/1903	8
du 26/10/1914 au 14/2/1915	4
du 13/2/1926 au 2/2/1927	7
du 31/1/1938 au 19/2/1939	3
du 17/2/1950 au 6/2/1951	5
du 5/2/1962 au 25/1/1963	8
du 23/1/1974 au 10/2/1975	4
du 9/2/1986 au 28/1/1987	6
du 28/1/1998 au 19/2/1999	3

Vous êtes élégant, noble, passionné et vénérable. Vous exercez une influence magnétique sur autrui grâce à votre charme. Vous avez l'esprit d'un chef.

Les défauts qui vous guettent sont l'intransigeance, l'entêtement. Vous pouvez aussi vous montrer emporté, vaniteux, querelleur, et surtout casse-cou.

L'année du Tigre (1998) sera difficile, compliquée pour les natifs de ce signe. Si vous êtes dirigeant de société ou directeur, vous pourrez tirer votre épingle du jeu. Les pays seront victimes de catastrophes naturelles et d'agitation politique.

Le Chat ou Lièvre

Vous êtes Chat si vous êtes né	Votre Nombre
du 29/1/1903 au 16/2/1904	3
du 14/2/1915 au 3/2/1916	4
du 2/2/1927 au 23/1/1928	9
du 19/2/1939 au 8/2/1940	3
du 6/2/1951 au 27/1/1952	5
du 25/1/1963 au 13/2/1964	11
du 11/2/1975 au 30/1/1976	4
du 29/1/1987 au 16/2/1988	9
du 16/2/1999 au 4/2/2000	3

Ce sont des personnes discrètes, raffinées, hospitalières, accueillantes. Elles apprécient la compagnie d'autrui, et dégagent beaucoup de magnétisme.

Cependant on peut parfois les trouver pédantes, distantes, un peu « tordues » dans leur façon d'agir, ce qui les rend alors incompréhensibles aux yeux des autres.

Les années du Chat (1987 et 1999) voient les natifs du signe contents, très heureux. Ils sont sous une bonne étoile. On parle d'eux, ils restent sous les projecteurs. C'est également une année de découverte des choses cachées.

Sur le plan médical, on assiste à des découvertes très importantes (cancer, sida...)

En revanche il faut encore plus respecter la loi, sinon les conséquences seraient terribles.

Le Dragon

Vous êtes Dragon si vous êtes né	Votre Nombre
du 16/2/1904 au 4/2/1905	11
du 3/2/1916 au 23/1/1917	4
du 23/1/1928 au 10/2/1929	11
du 8/2/1940 au 27/1/1941	3
du 27/1/1952 au 14/2/1953	9
du 13/2/1964 au 2/2/1965	11
du 31/1/1976 au 17/2/1977	7
du 17/2/1988 au 5/2/1989	9

Ce sont des personnes sentimentales, captivantes, à l'esprit indépendant. Dotées d'une forte intuition, elles sont également très chanceuses.

Le revers de la médaille, c'est qu'elles ont parfois tendance à se montrer irréfléchies, mal intégrées dans leur milieu, anxieuses, et trop exigeantes avec les autres.

L'année du Dragon (1988 et l'an 2000) sera pour elles brillante. Elles connaîtront une prospérité accrue, sans doute même le luxe. Une année à en perdre le souffle, tant la chance est présente.

Sur le plan mondial, c'est une année un peu factice. Les choses peuvent sembler irréelles, faciles, et nous vivrons cette illusion dans l'euphorie.

Le Serpent

Vous êtes Serpent si vous êtes né	Votre Nombre
du 4/2/1905 au 25/1/1906	1
du 23/1/1917 au 11/2/1918	7
du 10/2/1929 au 30/1/1930	1
du 27/1/1941 au 15/2/1942	5
du 14/2/1953 au 3/2/1954	8
du 21/2/1965 au 21/1/1966	3
du 18/2/1977 au 6/2/1978	6
du 6/2/1989 au 26/1/1990	9

C'est un être prudent, mais cérébral et cultivé. Il s'habille avec élégance et s'entoure de beaux objets. Il sème la chance autour de lui.

Cependant, il peut aussi se montrer possessif, paresseux, et fantaisiste, et n'échappe pas toujours à la mauvaise foi.

Passée l'année du Dragon qui paraissait un peu factice, le réveil est douloureux durant l'année du Serpent (1989). Des catastrophes se produiront, et ceux qui ont vécu dans l'extravagance et l'insouciance se réveilleront brutalement. Il leur faudra alors travailler d'arrache-pied pour remonter la pente.

Si vous êtes Serpent, vous retrouverez une vigueur physique qui vous permettra d'entreprendre une formation, ou, tout simplement, de nouvelles études. Ce sera pour vous une année de labeur et de réflexion.

Le cheval

Vous êtes Cheval si vous êtes né	Votre nombre
du 25/1/1906 au 13/2/1907	5
du 11/2/1918 au 1/2/1919	7
du 30/1/1930 au 17/2/1931	4
du 15/2/1942 au 5/2/1943	5
du 3/2/1954 au 24/1/1955	8
du 21/1/1966 au 9/2/1967	4
du 7/2/1978 au 27/1/1979	6
du 27/1/1990 au 14/2/1991	4

Voilà un être puissant, sentimental et charmeur. Il a le souci de l'élégance et possède une grande confiance en lui-même.

Mais il peut aussi être faible, dépourvu de bon sens, et parfois cruel, voire impitoyable.

Durant l'année du Cheval (1990) tout bouge, les événements se bousculent. C'est le grand galop. Les paresseux risquent de ne pouvoir suivre le rythme, et quand ils voudront rattraper leur retard, risquent de s'emballer. Tenez les rênes de votre vie. Ce sera pour les natifs du signe une année de chance, qui passe vite. Le temps aussi de changer de crinière et de changer de look, car vous serez très remarqué.

La Chèvre

Vous êtes Chèvre si vous êtes né	Votre Nombre
du 13/2/1907 au 2/2/1908	5
du 1/2/1919 au 20/2/1920	8
du 17/2/1931 au 6/2/1932	3
du 5/2/1943 au 25/1/1944	6
du 24/1/1955 au 12/2/1956	3
du 9/2/1967 au 29/1/1968	4
du 28/1/1979 au 15/2/1980	1
du 15/2/1991 au 3/2/1992	4

La Chèvre est sensible, gaie, intelligente et altruiste. Elle est inventive et de tempérament amoureux.

Mais aussi, parfois, elle peut être inquiète, indisciplinée, frivole, insatisfaite. Ses amis lui reprochent alors son manque de tact.

L'année de la Chèvre (1991), on atteindra des hauteurs sur le plan financier, mais des peurs existeront, dans le domaine boursier notamment. Mais tout rentrera dans l'ordre. C'est une année en dents de scie. Cela n'est pas pour déplaire à la Chèvre, qui franchit les obstacles. Elle se sent protégée, et favorisée dans le domaine artistique. Elle sera propulsée à l'avant-scène. Les Chèvres qui écrivent recevront des couronnes.

Le Singe

Vous êtes Singe si vous êtes né	Votre Nombre
du 2/2/1908 au 22/1/1909	5
du 20/2/1920 au 8/2/1921	11
du 6/2/1932 au 26/1/1933	3
du 25/1/1944 au 13/2/1945	9
du 12/2/1956 au 31/1/1957	3
du 29/1/1968 au 16/2/1969	7
du 16/2/1980 au 4/2/1981	1
du 4/2/1992 au 22/1/1993	4

Habile dans le commerce, passionné, juvénile, captivant et spirituel, voilà ses qualités. Mais en certains moments de sa vie, il devient sauvage, malhonnête, rusé, et manque alors de savoir-vivre.

L'année du Singe (1992), tout peut arriver, le bon comme le pire. Les natifs du signe connaîtront une protection occulte, et cette année sera pleine de surprises, de promotions inattendues. C'est le moment d'innover, de foncer, pour tous les signes. Bougez, déménagez, agissez, secouez la poussière et les habitudes !

Le Coq

Vous êtes Coq si vous êtes né	Votre Nombre
du 22/1/1909 au 10/2/1910	8
du 8/2/1921 au 28/1/1922	1
du 26/1/1933 au 14/2/1934	6
du 13/2/1945 au 2/2/1946	9
du 31/1/1957 au 16/2/1958	5
du 17/2/1969 au 24/1/1970	7
du 5/2/1981 au 24/1/1982	1
du 23/1/1993 au 9/2/1994	6

Le Coq est courageux, talentueux, populaire et plein d'énergie. Il ne doute jamais de lui, et cultive l'élégance.

Mais s'il est forcé et contrarié, il se montre vaniteux, pédant, de mauvaise foi et méfiant.

L'année du Coq (1993), le natif de ce signe ne saura pas rester inactif. Il aime que tout remue et s'active autour de lui. Année faste, celle ou tout commencc, où tout peut évoluer de façon imprévisible. Pour tous les signes, année favorable pour les inventions, les nouvelles conquêtes, créer une famille, entrer dans l'armée ou être promu à des postes de commandement.

Le Coq aime être le premier, le plus beau, le plus brillant, donc fera le maximum pour y parvenir, sans rien laisser au hasard. Ceux qui auront agi seront grandement récompensés.

Le Chien

Vous êtes Chien si vous êtes né	Votre Nombre
du 10/2/1910 au 30/1/1911	8
du 28/1/1922 au 16/2/1923	5
du 14/2/1934 au 4/2/1935	6
du 2/2/1946 au 22/1/1947	9
du 16/2/1958 au 8/2/1959	11
du 6/2/1970 au 26/1/1971	7
du 25/1/1982 au 12/2/1983	4
du 10/2/1994 au 30/1/1995	5

C'est un être attentif, discret et fidèle. Intelligent, loyal et courageux, il sait être noble. Mais certains incidents le rendent parfois exagérément inquiet, cruel, pessimiste. Il reste alors sur ses gardes.

L'année du Chien (1994) sera pour lui une année de revendication. Celui-ci, qui paraissait soumis aux autres, se rebelle, donc anime de renouveau l'idéologie. Il pratique des remises en question politiques. L'avenir ne semble alors pas brillant, mais le Chien, courageux et optimiste, se bat et gagne. C'est une année qui peut sembler hésitante et contrariante, mais qui permet de s'émouvoir sur la misère d'autrui, et les opprimés verront naître des mouvements de solidarité en leur faveur.

Le Cochon ou Sanglier

Vous êtes Cochon si vous êtes né	Votre Nombre
du 30/1/1911 au 18/2/1912	11
du 16/2/1923 au 5/2/1924	4
du 4/2/1935 au 24/1/1936	7
du 22/1/1947 au 10/2/1948	3
du 8/2/1959 au 28/1/1960	5
du 27/1/1971 au 14/2/1972	11
du 13/2/1983 au 1/2/1984	4
du 31/1/1995 au 18/2/1996	9

C'est quelqu'un de loyal, de scrupuleux, de sensuel. Il se montre consciencieux et indulgent, et sait être profond. C'est un être fait pour le simple bonheur, accessible à qui veut bien le voir.

Dans ses périodes de crise, hélas, il se montre irresponsable, entêté, inquiet, et manque alors de vertu.

L'année du Sanglier (1995) le verra content, satisfait de sa vie. Il aime qu'on l'aime, et l'amour lui sourira. Les placements financiers sont favorisés. Sanglier, ne doutez pas, et ce sera une année d'abondance.

Les autres signes recevront la récompense de leurs efforts, et toucheront les dividendes des années précédentes. Certains verront enfin des résultats très longtemps attendus.

Les ondes de votre Nombre, calculé d'après votre signe chinois

Si votre nombre secret est le **1**

Nombre très fort. Celui du pouvoir. Vous êtes doté d'une forte personnalité, vous savez vous faire obéir et vous parvenez à vos fins.

Si votre nombre secret est le **2**

Le Nombre du couple. Vous savez être le ou la partenaire idéal(e). Si vous êtes seul(e), vous ne le resterez pas longtemps. De plus, au cours de la seconde partie de votre vie, la chance vous sourira sur le plan financier.

Si votre nombre secret est le **3**

Vous avez l'âme d'un arbitre, surtout dans les conflits entre personnes. Vous pouvez faire un excellent avocat. De plus, vous avez un sens poussé de la famille.

Si votre nombre secret est le **4**

Ce qui importe avant tout, c'est votre foyer. Vous revenez toujours à vos racines, à vos sources, pour y puiser une énergie nouvelle.

Si votre nombre secret est le **5**

Vous êtes ou vous serez un chef. Vous en avez l'âme. Vous savez commander sans abuser de votre autorité. Vos collaborateurs vous apprécient.

Si votre nombre secret est le **6**

Le plus important dans votre vie, c'est d'aimer. Vous cherchez l'idéal. Vous trouvez très souvent la paix dans votre environnement ou dans le cadre de votre travail.

Si votre nombre secret est le **7**

Un grand nombre. On vous fait confiance, vous avez le sens du contact, vous signez des contrats...

Si votre nombre secret est le **8**

Grâce à votre chance, vous transformez le plomb en or. Vous possédez également une belle intuition. Durant la seconde partie de votre vie, vous recevrez un don ou un legs.

Si votre nombre secret est le **9**

Nombre lourd à porter. Vous êtes un éclaireur, un original, un inventeur. Vous possédez un fort magnétisme, qui incite les autres à vous suivre et à vous écouter.

Si votre nombre secret est le **11**

Une vie mouvementée, pleine de changements et de transformations. Heureusement, de nombreux coups de chance sont là pour vous soutenir.

II

Vos vibrations magiques

VOTRE prénom est un élément essentiel de votre destin. Le nombre qu'il forme, c'est votre Nombre intime. Voici comment le calculer, afin de voir quelles vibrations s'y attachent.

Votre nom de famille vous donne votre nombre d'hérédité. Vous pouvez calculer celui de votre prénom. Si le résultat ne vous plaît pas, il est alors possible de le changer, en rajoutant, supprimant, ou modifiant une lettre. Combien de personnes ont vu leur destin s'améliorer après cette modification d'orthographe ! Par exemple, Michelle devient Michèle, Roland devient Rolant, François devient Françoys, Gilles devient Gil, Jacques devient Jack... ou l'inverse.

On sait que les sons peuvent guérir, comme l'atteste la musicothérapie. Pour un enfant à naître, on peut calculer son prénom par rapport à son nom de famille, pour mettre tous les atouts de son côté. De même, si vous utilisez un diminutif ou un pseudonyme, c'est celui-là qu'il faut calculer.

Méthode de calcul. Remplacer chaque lettre par le chiffre correspondant.

1	**2**	**3**	**4**	**5**	**6**	**7**	**8**	**9**
A	B	C	D	E	F	G	H	I
J	K	L	M	N	O	P	Q	R
S	T	U	V	W	X	Y	Z	

Additionnez chaque chiffre, puis additionnez le total pour obtenir votre Nombre Intime.

Pour Bernard par exemple, cela donne :

2+5+9+5+1+9+4= 35 soit 3+5=8

Si votre Nombre Intime est le **1**

Vous êtes, on s'en doute, un meneur d'hommes, dominateur et autoritaire. Vous n'appréciez pas la diplomatie, vous préférez aller droit au but. Vous aimez être le guide, celui que l'on vient consulter, à qui l'on demande conseil. Et comme vous êtes éloquent, vous adorez ce rôle.

Pourtant, dans le fond de votre âme, vous êtes un idéaliste, un amoureux, un passionné.

Sur le plan de la santé, attention. Comme vous êtes un cérébral, vous risquez des problèmes touchant la tête, mais aussi la circulation sanguine et les voies urinaires.

Si votre Nombre Intime est le **2**

Vous êtes un chanceux, avec certes des hauts et des bas, mais malgré les obstacles vous continuez votre ascension sans faillir. On peut compter sur vous. Vous aimez la beauté, la propriété, construire votre domaine. Vous adorez la vie de famille, les racines, la vie sédentaire. Vous avez le sens du commerce et pouvez monter une affaire. Vous aimez la bonne table, et y invitez vos amis. Au long de votre vie, vous augmentez votre patrimoine, et serez heureux de le transmettre à vos descendants.

En vieillissant, veillez à la bonne élimination des toxines, car le cholestérol et le diabète peuvent vous menacer.

Si votre Nombre Intime est le **3**

La terre bouge sous vos pieds, vous n'aimez pas que les choses restent statiques. Vos facultés mentales sont sans cesse en éveil, à l'écoute des autres et du monde. Vous débordez d'ambition et êtes sûr de vous. Votre instinct précis et la certitude d'atteindre le but choisi vous aident grandement. Vous êtes brillant et séduisant, comédien-né. Vous feriez un bon cadre commercial, ou un adepte des techniques d'avant-garde. Vos talents sont multiples. Vous pouvez tout faire, sauf rester dans un bureau en regardant votre montre. Vous pouvez changer plusieurs fois d'emploi avant de trouver votre voie, mais vous réaliserez vos projets, même si vous devez constamment vous remettre en question.

Toutefois, en changeant de région, de pays, de travail, voire de partenaire, attention aux coups de tête ! dans les deux sens du terme.

Si votre Nombre Intime est le **4**

Vous êtes tourné vers les autres, vers l'humanité souffrante. Votre entourage apprécie vos conseils. Pourtant vous aimez le beau, la délicatesse, le respect du bien d'autrui. Vous n'êtes pas opportuniste. Pour gravir les échelons de votre carrière, il faut que votre partenaire, ou quelqu'un dans votre environnement, vous stimule ou vous pousse. Si vous êtes parfois plus lent que d'autres pour prendre vos décisions, elles sont contrôlées et efficaces. Souvent, la perte d'un pilier de votre enfance ou de votre adolescence a pu modifier votre comportement. Il peut y avoir fluctuation dans votre vie familiale ou sentimentale, car vous n'aimez pas vous battre pour conserver quelqu'un ou quelque chose.

Les voies digestives sont souvent malmenées par une alimentation fantaisiste, mais vous possédez une grande résistance.

Si votre Nombre Intime est le **5**

Vous êtes dynamique, plein d'énergie, sportif, curieux de tout, surtout des nouvelles technologies. Brillant en société, souvent beau, vous captez l'attention par votre éloquence, et vos connaissances, que vous complétez tout au long de votre vie. Vous êtes aimé des autres, car vous êtes sympathique. Le monde du spectacle vous est favorable. Vous pouvez aussi écrire, travailler à la radio ou à la télévision. Vous ne supportez pas d'être seul, car le besoin de communiquer est primordial. Vous voyez grand en tout et êtes généreux.

Sur le plan de la santé, les attaches sont fragiles, comme la colonne vertébrale. Prenez garde aux problèmes oculaires et aux allergies.

Si votre Nombre Intime est le **6**

Vous avez besoin qu'on vous aime, et vous êtes dévoué, tourné vers les autres. Vous réussissez davantage votre vie professionnelle que votre vie intime. Vous êtes un inventif, un créatif, même si la réussite vient un peu tard. Vous seriez doué pour le domaine médical. Vous vous éloignez de vos origines en sautant quelques cases sociales. Cependant, vous parlez parfois trop et sans réfléchir, ce qui vous cause du tort.

Attention à la rétention d'eau. Purifiez-vous au moment de la Pleine Lune et de la Nouvelle Lune, car en prenant de l'âge vous aurez tendance à emmagasiner les graisses.

Si votre Nombre Intime est le **7**

Vous avez le sens du devoir, de la justice, et un côté mystique. Parfait dans une équipe, une association, les carrières juridiques vous conviennent. Vous atteignez toujours votre idéal, défendre la veuve et l'orphelin. Parfois, votre curiosité d'esprit vous pousse à vous disperser. Malgré un fort esprit de famille, vous aimez parcourir le monde, après avoir mis les vôtres à l'abri. Vous êtes un sentimental et un émotif. L'idéal serait d'avoir une grande maison pleine d'enfants et d'animaux, car la nature vous apaise.

Si votre Nombre Intime est le **8**

Toujours en évolution, en transformation, vous avez un don d'adaptabilité, mais êtes secret et mystérieux. Cela vous rend sélectif dans vos amitiés. Aux yeux des autres, vous paraissez torturé et plein de paradoxes. Votre originalité n'est pas toujours bien comprise par votre entourage. L'anxiété est permanente en vous, vous êtes un grand émotif, inventif, très littéraire. Peut-être un prix récompensera-t-il une de vos œuvres, durant la sconde partie de votre vie.

Vous aurez alors davantage de chance et vos revenus augmenteront de façon soudaine.

A cause de votre tension, il faut pratiquer la relaxation, ou alors vous retirer du monde de temps à autre pour mieux vous recharger. Quoi qu'il en soit, la chance vous accompagne.

Si votre Nombre Intime est le **9**

Vous êtes le phare qui domine, qu'on écoute et qu'on respecte. Vous aimez enseigner, et seriez un bon apôtre sur la montagne, qui dispense l'initiation aux disciples. Vous aimez la foule, mais restez toujours un « point d'interrogation » pour les autres. Vous êtes racé, possédez un grand sens de l'humain, et pourriez être diplomate, directeur d'école, ou alors peintre, écrivain, journaliste. Le danger, c'est de se contenter de rêver au lieu d'agir, car vous avez une connaissance innée et inspirée.

Pour votre santé, prenez des bains de Lune (une heure seulement) et d'oxygène. Marchez seul, pieds nus, dans l'herbe. La nature vous inspire.

III

Les mots contre les maux

Tout se correspond, et le semblable engendre le semblable.

Gérard de Nerval

Notre mental ou notre imagination est une force si puissante, que si nous en connaissions tout le pouvoir, nous en tirerions des merveilles.

Montaigne

La puissance de la prière

Une manière très efficace de se mettre à l'écoute du monde et d'en recevoir les bienfaits est de prier. La prière n'est pas un exercice réservé aux grands mystiques, mais une humilité dont bien des gens simples ont le secret. Détendez-vous, concentrez-vous sur l'objet de votre prière, en retrouvant votre âme d'enfant. C'est une vibration positive qui nous met en relation avec l'immensité du cosmos et avec le divin. Seule la prière peut guérir en nous l'angoisse, et faire jaillir les sources vives de l'être. Elle libère des tensions, soulève les énergies nouvelles. Bien entendu, la prière faite pour un autre est toujours plus féconde que celle faite pour soi-même.

Donc, quand vous désirez obtenir des résultats de guérison ou du succès par la pensée, priez dans ce sens en période de Nouvelle Lune et de Pleine Lune, et surtout la nuit de Noël. Car cette influence s'exerce encore plus lors de cette nuit bénie entre toutes.

La prière magique peut cependant vous aider chaque jour. Elle doit être bien dite, profondément ressentie, de préférence en regardant la Lune. Le Verbe est le plus sûr et le plus puissant des véhicules de la volonté. Probablement parce qu'il provoque des vibrations, des ondes de choc, qui s'élargissent jusqu'aux limites de l'Univers où se meut l'homme. Grande est la force de l'esprit, grand son pouvoir, s'il n'est pas diminué par le doute. Le doute, en effet, perturbe les vibrations et brise l'harmonie de la pensée.

J'ai coutume de dire : « Lorsque les mots viennent à manquer, laissons parler les cœurs. » En effet, que de profondeur échangée par des regards, par un amour sincère, alors que tant de mots prononcés en vain restent à jamais stériles ! Sentir, se laisser envahir par les profondes émotions du cosmos, est préférable à bien des théories.

« Tout est vibration, rien n'est inerte, tout vibre ! » enseigne Hermès dans sa sagesse.

Servez-vous de cette vibration qui vous entoure pour vous recharger. Mais auparavant, assurez-vous que vous êtes en possession des clés... Ou plutôt d'une clé : la pensée créatrice. Vos pensées peuvent transformer votre vie. Voilà votre force, votre liberté humaine, que personne ne peut vous dérober. Il suffit de regarder autour de vous pour le constater ; ceux qui adoptent une attitude positive face à l'existence en recueillent cent fois plus de fruits que ceux qui s'entêtent à broyer du noir.

En vous aussi, la force sommeille, tel un trésor enseveli, qu'il suffit d'aller chercher. À vous de créer cet être nouveau qui va grandir et imposer sa réalité. Si vous êtes lumineux de l'intérieur, cette lumière transparaîtra, et les autres en sentiront la chaleur. Certaines personnes de votre entourage, particulièrement sensibles, verront cette lumière, qu'on appelle l'aura. On dit que la couleur de cette aura est à l'origine de l'auréole qui ceint le front des saints, et de la lumière qui inonde leur visage. Car lumière et couleur sont également des vibrations.

L'influence des mots sur la destinée

Laissez-moi maintenant vous raconter une histoire qui prouve que la foi, l'anathème, la puissance du verbe ne sont pas des... paroles en l'air. Malgré le temps écoulé, les événements qui se sont produits ont conservé toute leur force, leur puissance d'évocation, et j'en ai gardé vivants en ma mémoire les moindres détails.

Je passais mes vacances dans le Midi, voilà une vingtaine d'années, chez des amis.

Nous habitions alors une petite maison. En face, séparée par un jardin, se trouvait une villa occupée par une dame âgée. Celle-ci vivait en compagnie d'un chien de quinze ans. Souvent, ils se promenaient ensemble d'un pas lent, dans les rues du village. Sa maîtresse et moi échangions des politesses sur le temps, les récoltes, et entretenions de bons rapports.

Un jour, ne la voyant plus, je frappe à sa porte. Personne.

J'apprends par une infirmière qui lui rendait visite qu'elle est tombée malade et a dû être hospitalisée. Elle me demande de m'occuper du chien. Je le fais très volontiers, en attendant de lui trouver un refuge.

Trois jours plus tard, l'infirmière vient à nouveau me trouver. La vieille dame est toujours hospitalisée, mais son fils, qui va hériter de la maison, entend la vendre très vite grâce au mandat que lui a signé sa mère. Il veut se débarrasser au plus tôt du chien, car il a déjà une proposition d'achat. Mais placer une bête âgée ne se fait pas si rapidement.

Cela se passait un lundi. Le mercredi, je croise l'infirmière en compagnie d'un homme dont je devine qu'il est le fils de la vieille dame à l'agonie. Il est en train de lui dire : « Si on ne trouve personne pour le cabot, je lui donne un coup de fusil. »

Aussitôt je rétorque en m'adressant à l'infirmière : « Vous pourrez dire à ce monsieur qu'il vaudrait mieux qu'il tire sur moi plutôt que sur le chien, ça lui coûterait moins cher. »

Et je continue à chercher un refuge.

Le dimanche, j'entends un coup de fusil. Je m'écrie : « Mon Dieu ! Le chien ! »

Je me précipite, pieds nus, vers la villa. Des gens du village arrivent aussi. Le chien gît dans son sang, attaché contre un arbre.

— Qui a fait ça ? m'écriai-je.

Un homme me répond :

— Je l'ai achevé, ça valait mieux.

Il m'explique que le fils de la propriétaire a attaché son chien avec du fil de fer contre un arbre et lui a frappé la tête à coups de marteau. Voyant cela, un voisin compatissant a sorti son fusil de chasse pour abréger ses souffrances.

Certains hommes voulaient déjà enterrer le chien. Je le leur interdis. La douleur et la révolte étaient si grandes en moi que j'ai eu une vision. Je me suis tourné vers l'homme et lui ai crié :

— Cette maison, vous voulez la vendre mais écoutez-moi : jamais elle ne sera vendue ! Le sang du chien empêchera la vente.

Les mots ont jailli sans que je puisse les contrôler. Plus tard, les témoins m'ont dit que quand j'ai prononcé ces paroles, j'étais transfigurée, et véritablement ce jour-là j'ai jeté l'anathème. Mais j'avais vu clairement cette maison tomber en ruine.

Vingt ans ont passé. La maison tombe effectivement en ruine. Les acheteurs potentiels qui se sont présentés n'ont jamais conclu l'affaire.

Telle est la force de la pensée, de la parole, quand elle est au service d'une cause juste.

Et, bien entendu, chaque fois que vous émettez une pensée positive, vous augmentez le bien sur terre. Au lieu de critiquer les autres, il est sage de découvrir les bons aspects de chacun, et cela vous est rendu au centuple. De même, quand vous voulez influencer quelqu'un qui ne vous aime pas, pensez à lui de manière positive, et concentrez-vous sur les bons aspects de sa personnalité.

IV

Comment utiliser vos ondes subtiles

Lorsqu'il est en consultation, ou lorsqu'il a une vision, le médium fait abstraction de son moi. Il n'existe plus, il devient le double du consultant et se moule dans sa peau. Le mot divination vient d'ailleurs du latin ; son origine signifie « accomplir une chose divine ». C'est donc un acte qui se réalise grâce au concours du divin, et qu'aucun être humain ne peut prétendre expliquer tout à fait, car cela se passe à un niveau d'intelligence inaccessible.

La Trinité est un grand symbole religieux. Le corps humain, lui aussi, se divise en trois parties : le corps, l'âme et l'esprit. Mais cette première division se subdivise encore, selon la croyance hindoue, en sept plans, correspondant aux sept « tourbillons vitaux », appelés chakras.

— le plan physique
— le double éthérique
— le plan astral
— le plan mental
— le corps causal, appelé aussi « âme inférieure »
— l'âme spirituelle
— l'esprit divin.

Ces différents corps, ou plans, ont une action les uns sur

les autres. Afin que l'homme demeure équilibré, il faut trouver l'harmonie de ces différents composés.

Le double éthérique est un corps semi-matériel, qui subsiste encore quelque temps après la mort. Il est en rapport avec le magnétisme animal qui se dégage de l'individu. Nous extériorisons cette force par les mains, qui transmettent cette énergie dans les passes manuelles. Lorsqu'un trouble ou une maladie se produit, le champ magnétique est fortement perturbé.

Le fluide humain permet alors, par des passes magnétiques, de rétablir l'équilibre. Le croisement des mains au niveau du plexus solaire permet d'équilibrer les deux courants de force au niveau de ce centre de radiation. Le plexus solaire, c'est le rayonnement de la vie et l'activité bénéfique du soleil.

Quelques exercices sont indispensables pour développer votre sensibilité manuelle.

En touchant légèrement la partie malade, sentez-vous, aux extrémités des doigts, une vibration? Si oui, vous avez une sensibilité manuelle naturelle, que vous pouvez encore améliorer.

Passez la main droite le long de la colonne vertébrale du patient, puis sur les principaux organes, cœur, foie, cerveau, reins, et sur la zone malade. Vous devez sentir un dégagement de chaleur. Ensuite, éloignez la main d'une dizaine de centimètres de la peau.

Puis imposez les deux mains sur le front. Contrôlez les différentes sensations: chaleur, froid, picotements, moiteur, qui prouvent une interrogation mentale. Vos mains doivent être en état de détente complète, vos doigts deviennent les antennes dont vous vous servez.

Il faut, bien entendu, toujours opérer dans une pièce aérée, calme, et de préférence plongée dans une semi-pénombre.

Une séance de magnétisme doit durer au moins quarante minutes. Le magnétiseur se place devant le patient. Il forme des cercles en remontant depuis les genoux jusqu'à la tête. Cette forme géométrique concentrique est ascendante. Elle active le champ magnétique et prépare le malade aux influx suivants. Les mains doivent former ces cercles assez vite. Au bout de trois minutes environ, le champ magnétique remis en mouvement va déclencher une action revitalisante.

Puis, commencez vos passes par la base du cervelet, jusqu'à la dernière vertèbre dorsale, en suivant le trajet de la moelle épinière. Répétez ces passes neuf fois (toujours en chiffre impair).

L'imposition des mains est importante aussi. La main transmet un certain pouvoir, qui varie selon l'évolution spirituelle. Pour bénir, le prêtre étend les mains. Pour la transmission des pouvoirs, le maître impose les mains aux disciples. Les apôtres ont ainsi reçu du Christ le don de guérison et d'exorcisme. Jésus guérissait les infirmes par imposition des mains.

Nous avons appris par l'enseignement hindou que la force est un potentiel électromagnétique, qui s'écoule par les extrémités des mains et des pieds. Joignez les mains, paume contre paume, à la hauteur du plexus solaire, dans la position assise, qui permet en même temps de joindre des deux faces internes des pieds. Ce merveilleux exercice est encore plus agissant si on le pratique adossé contre un arbre, de préférence le divin chêne.

Pour calmer la douleur physique, essayez de projeter la douleur physique dans la partie inverse du corps. Si vous souffrez à gauche, transmettez le mal à droite. Déplacer le mal est déjà une victoire sur lui. Ensuite, il disparaîtra.

La paume de la main a une action différente. Elle agit en profondeur. On l'utilise pour remuer et créer des ondes de force.

Les massages circulaires sur les omoplates avec la paume donnent des résultats immédiats.

L'effleurement par l'extrémité des doigts agit par vibrations. Ce procédé sensibilise le sujet.

Contre les maux de gorge, placez quelques minutes les mains derrière les oreilles.

Contre le mal de tête, placez la main droite devant le front. La main gauche doit être placée à l'horizontale, derrière le cervelet ou le cou. Faites une forte pression, puis massez en profondeur les tempes avec le bout des doigts, dans un mouvement circulaire.

En complément de ces différentes techniques, utilisez le souffle. Le souffle, c'est la vie même. L'esprit sain est assimilé au souffle, au vent. Le souffle chaud redonne au malade de la force vitale, le souffle froid rafraîchit et décongestionne.

V

L'aura de la Lune

DANS l'iconographie, les saints sont entourés de ce fameux halo qu'on appelle l'auréole. Bien souvent, seule la tête est entourée de cette lumière. Les peintres de jadis signifiaient ainsi qu'on se trouvait en présence d'un être d'exception.

Pourtant, nous possédons tous cette aura, plus ou moins développée. Il s'agit d'un champ magnétique. Cela explique que lorsque vous vous trouvez près de certaines personnes, vous puissiez vous sentir très mal à l'aise. On dit en ce cas que vous n'avez pas d'atomes crochus. Alors qu'avec d'autres au contraire, vous ressentez une confiance et un bien-être instantanés. La force de l'aura explique aussi le charisme, c'est-à-dire l'influence que l'on peut avoir sur autrui, la faculté de convaincre.

Selon votre force spirituelle, votre élévation d'âme, votre aura entoure plus ou moins votre corps. Elle peut vous envelopper dans une sorte de bulle qui vous dépasse de vingt centimètres ou parfois davantage.

Si la personne que vous côtoyez ne possède pas une aura dans le même champ magnétique, c'est un peu comme si deux pôles se repoussaient l'un l'autre.

Les médiums voient les auras. Je dis souvent à certains de mes consultants : « Quelle belle aura ! » D'autres par contre l'ont perdue. À ceux-là je conseille de se purifier par la prière, puis de chasser leurs mauvaises pensées. En répandant le bien autour d'eux, surtout en Lune Montante, ils peuvent réveiller leur aura. Le secret, c'est de se respecter, de respecter la vie sous toutes ses formes, les êtres humains, les animaux et les plantes.

Si l'aura vous renseigne sur la santé spirituelle, elle renseigne également sur la santé corporelle. En examinant le corps éthérique, on peut prévoir les maladies avant qu'elles n'aient atteint le corps physique. Les premières photos d'aura ont été prises par deux chercheurs russes, les Kirlian. Ils ont inventé un appareil pour les photographier. Des expériences ont eu lieu sur des bourgeons. Quand le bourgeon éclate, il dégage une formidable aura.

Puis on a examiné l'aura de la feuille à des heures différentes. Enfin, quand on coupe la feuille. Alors là explose une terrible aura, un cri, un appel au secours de toute sa force, au moment où elle va mourir. C'est le surcroît d'énergie emmagasinée qui éclate d'un coup. On voit nettement cette aura. Puis, quand la feuille est coupée, la photo est vide : plus rien.

J'ai été l'une des premières en France à posséder cet appareil, et à savoir en interpréter les photos. J'ai réalisé de nombreuses expériences, malgré des moyens très réduits. Le travail que j'ai effectué était passionnant, et souvent émouvant, quand je constatais à quel point les plantes étaient capables de resplendir, de se ternir, de crier au secours. J'aimerais un jour reprendre ces expériences, dont le fruit serait profitable aux générations à venir. À cette jeunesse qui trop souvent ne sait plus regarder une plante, un oiseau. Et pourtant, que de merveilles en restant à l'écoute !

Tout ce qui vit est une manifestation divine. Cet instinct que les animaux ont conservé, nous pouvons le redécouvrir en nous, pour peu que nous devenions réceptifs...

Qui a perdu son aura passe inaperçu dans la vie. Trop souvent, les difficultés, les soucis, l'aigreur nous la ravissent. Elle s'atténue, ternit, disparaît. Heureusement, pour peu que vous ayez la chance de rencontrer un guide spirituel de haut niveau, et que vous alliez au fond de vous chercher l'or de la sagesse, cette aura redeviendra lumineuse.

Donc, si vous n'avez plus d'aura, gardez l'espoir. Laissez-vous guider. Rien, dans la nature, ne laisse de place au hasard. Dressez vos « antennes » vers le cosmos. Posez une question, en établissant un code secret entre vous et le divin. Bientôt la réponse vous arrivera sous forme d'intuition.

La maison de l'aura

Puisque vous êtes de mes amis, laissez-moi vous raconter une histoire qui prouve que les choses sont inscrites, et que l'on peut trouver sa place si on la cherche. Les maisons, comme les êtres, peuvent dégager une aura. Elles sont habitées par des forces que l'on peut apprivoiser.

Voilà quelques années, des amis voulaient acheter une maison en Camargue. Nous étions en Lune Montante, ce qui les favorisait. Je les accompagne dans leurs recherches. Nous en visitons plusieurs. Aucune ne leur plaît. Comme c'est moi qui conduis, évidemment je me perds (je me trompe souvent au volant !), d'autant que je ne connais pas bien la région. Le soir, enfin, nous débouchons sur une petite place, dans un endroit inconnu. Et là, dans un angle, une maison apparaît, fleurie de roses, de lauriers et d'hortensias. Les volets sont fermés.

Je m'écrie :

— Voilà la maison qu'il vous faudrait !

— Hélas, me répondent-ils, ce genre de maison est bien trop cher pour nous.

Nous la contournons, et, surprise ! devant l'entrée se trouve un panneau « À vendre ».

Je m'approche pour relever le numéro de téléphone de l'agence. Soudain, je pousse un cri. Je viens de lire le nom de la maison : « Le chant de l'aura » ! Il n'y en a sûrement pas deux à porter un tel nom en France.

Mes amis descendent de voiture, ébranlés. Ils font le tour de la maison, qui leur conviendrait bien. Le lendemain, ils téléphonent à l'agence. Ils apprennent que le panneau a été posé la veille, la propriétaire, une vieille dame, venant de mourir. Sa fille a décidé de la vendre telle quelle, sans prendre aucun objet, pour garder intact le souvenir des jours heureux qu'elle y a passés. Elle est pressée et fixe un prix très raisonnable.

Nous la visitons. Elle semble habitée : tout est en place, les meubles, les décorations, les tapis... Curieusement, j'ai l'impression de connaître les lieux. Quand le directeur de l'agence veut nous faire visiter la cave, j'ouvre aussitôt le tiroir dans lequel se trouve la clé. Je sais où se trouvent la vaisselle, le linge, le compteur électrique... Une atmosphère familière y règne, comme si j'étais déjà venue ici, ou comme si j'allais être appelée à y venir souvent... Je sens aussi que des événements très heureux se sont déroulés dans cette maison.

Le lendemain, après accord de leur banquier, mes amis signent la promesse de vente. Quelques semaines plus tard, l'achat effectué, ils s'installent. Nous décidons de fêter cela avec un kir royal. Il fait une chaleur folle, sans un souffle de vent. Sur la table du jardin nous avons disposé les bouteilles de champagne et de cassis, et les flûtes.

Nous sommes en train de commenter l'étrange nom de cette maison, quand soudain, un violent coup de vent balaie le parasol, le plateau, le seau avec le champagne et les flûtes. Exactement comme un ouragan, mais uniquement sur la table. Nous nous regardons, surpris. Et plus surpris encore en constatant que seule la bouteille de cassis a été brisée. Les flûtes et la bouteille de champagne sont intactes.

Pourtant nous ne comprenons pas le message. Je repars. La semaine suivante, je leur rends une nouvelle visite. Même scénario. Nous sortons le plateau et les verres. Je vais chercher le champagne et le cassis. Au moment où j'ouvre la porte du réfrigérateur, on dirait qu'une bourrasque se déclenche brutalement. Les bouteilles et tout ce qu'il contient tombent sur le carrelage dans un grand fracas.

Mes amis me crient en riant :

— Seule la bouteille de cassis est cassée !

C'est exact : rien d'autre n'est brisé.

— Inutile d'en acheter une autre, dis-je, elles semblent interdites dans la maison. Nous n'avons pas compris la semaine dernière, mais cette fois le message est clair.

Et soudain j'ai une vision : je vois des bouteilles poussiéreuses, conservées à l'abri de la lumière. Nous nous mettons à chercher, et découvrons, au fond du cellier, des bouteilles de cassis « maison »...

Par la suite, nous avons appris que dans la région, la vieille dame qui avait vécu ici était surnommée « la reine du cassis ». Elle voulait sans doute que nous dégustions le sien.

Elle nous a d'ailleurs laissé sa recette sur un cahier. Je vous la livre ici comme un secret. Je suis certaine que, où elle se trouve, cette dame est heureuse de vous en faire profiter aussi.

Le cassis de la Pleine Lune

Si vous avez la chance d'avoir un jardin, cueillez le cassis le lendemain de la Pleine Lune. Égrenez dans un récipient en terre, après avoir rapidement passé les fruits sous l'eau, dans une passoire.

Pour 1 kg 500 de fruits, il faut 500 grammes de sucre semoule ou cristallisé, et une bouteille de très bon vin rouge.

Laissez macérer au frais (dans une cave, mais pas dans le réfrigérateur) quinze jours, couvert d'un linge de toile, jusqu'à la veille de la Nouvelle Lune.

Écrasez avec un pilon en bois les fruits qui seront gorgés de vin et de sucre. Filtrez.

Mettez en bouteille, en laissant la place pour un verre à vin d'alcool à fruits. Ajoutez-le. Entreposez au frais et régalez-vous.

Une autre recette

Cueillez, le lendemain de la Pleine Lune, 1 kg 500 de fruits. Mettez-les dans des bocaux en verre sans les remplir tout à fait. Laissez-les à l'extérieur une Lune complète (28 jours).

Puis ouvrez les bocaux, écrasez les fruits avec un pilon de bois. Filtrez.

Complétez avec deux verres d'alcool à fruits par bocal, ainsi qu'un demi-verre de sucre de canne liquide. C'est également délicieux.

Comme nous buvions son cassis, je vis passer la vieille dame en transparence sur un petit nuage dans le ciel : c'était une personne sereine, aux cheveux blancs, l'air infiniment bonne.

Vous aussi, si vous restez attentif aux signes que le monde et les disparus vous adressent, vous verrez votre vie enrichie. Bien souvent, je pense à ce « chant de l'aura », en rêvant que les chants des hommes et des femmes se mêlent dans une harmonie universelle... Car si nous laissons la Lune nous inspirer, notre souffle en sort renforcé, et notre sang devient plus vif.

La télékinésie

L'influence de la pensée se manifeste aussi sans qu'il soit besoin de paroles. On appelle ce phénomène la télékinésie. Il ne s'agit pas d'envoyer un message télépathique, mais de déplacer des objets à distance, sans intervention.

Un jour, je me trouve à Montpellier, où je dois dîner avec plusieurs personnes. Pour me rendre au restaurant, je monte dans la Renault d'un couple ami, Jean-Pierre et Marie-Christine. Lui est chef de clinique, sa femme pharmacienne : des gens raisonnables, on le voit. François se rend au restaurant dans sa Peugeot. J'ai laissé mes bagages dans son coffre.

Nous allons au restaurant. François nous quitte tôt, devant rendre visite à un client (il est représentant de commerce).

Un peu plus tard, je m'aperçois que j'ai oublié de récupérer mes bagages dans son coffre, alors que je dois prendre l'avion pour faire une radio. Et Jean-Pierre se souvient que les clés de sa maison sont dans la boîte à gants de la voiture de François. Consternation...

Nous ne savons que faire. Mes amis plaisantent :

« Flavie, toi qui as des pouvoirs, dépêche-toi de lui envoyer un message ! »

Comme je suis assez énervée, je ne peux pas me concentrer. Finalement, je m'éloigne et me rends dans un salon du restaurant. Là, je me vide de mes pensées et de mon inquiétude, et me concentre sur la boîte à gants de la Peugeot dans laquelle se trouve une petite sacoche qui contient les clés.

Une heure plus tard, nous nous apprêtons à quitter le restaurant, moi résignée à partir sans bagages, Jean-Pierre et Marie-Christine à passer la nuit à l'hôtel.

Nous nous levons, et soudain, François arrive, le trousseau de clés à la main.

— A qui est-ce ? demande-t-il en riant.

Et il nous explique ce qui s'est passé. Il se trouvait déjà à cinquante kilomètres de là. La route était très bonne. Tout à coup, la boîte à gants s'est ouverte et le trousseau de clés est tombé sur la moquette. La fermeture Éclair de la petite sacoche était à moitié ouverte. Il a aussitôt compris et fait demi-tour.

Cela se passait juste au moment où je me concentrais sur les clés... C'est bien là la preuve qu'il ne faut jamais douter de soi, et que l'esprit est plus fort que la matière.

Une autre fois, je suis à La Réunion, pour un cycle de conférences. L'accueil que j'y reçois est inouï. Je n'oublierai jamais la bonté et la générosité de ce peuple admirable. Leur curiosité, leur intérêt et leur sagesse m'ont profondément impressionnée.

Le temps m'étant compté, les organisateurs me transportent en hélicoptère d'un point à l'autre. Un matin, très tôt, nous survolons cette île magnifique. Le temps est mauvais, je me sens mal à l'aise, bizarre... Je demande au pilote de se poser, le temps de boire un café.

— Un café ? Il n'y en a pas dans le coin. Et on ne peut pas se poser n'importe où.

J'insiste. Finalement, il accepte. L'appareil tourne et se dirige vers un village ancien, de ceux que l'on appelait jadis « les cases nègres ». Ce village doit d'ailleurs être « classé » en souvenir d'une époque révolue, pour témoigner que les Noirs ont à jamais retrouvé leur liberté d'homme.

L'hélicoptère se pose. La chaleur est intense. Entourés d'enfants rieurs, nous traversons des allées pleines de poules, de cochons, de chiens. Les gens, sur le pas de leur porte, nous saluent amicalement. Nous nous dirigeons vers un établissement ouvert, une petite maison de terre battue.

Lorsque nous avançons sous l'auvent de palme, la femme qui se trouve là manque de s'évanouir. Elle s'affaisse sur une chaise et appelle son mari d'une voix étranglée :

— Jean ! Jean ! Mon rêve se réalise !

Intrigués, nous nous approchons. Le mari arrive alors, et nous dit que, sachant Giselle Flavie dans l'île, sa femme a imploré le ciel afin que mon chemin passe par sa maison. C'était tout à fait impossible, il n'y avait aucune chance, et pourtant, grâce aux fabuleux pouvoirs de la pensée, le miracle a eu lieu. La foi, c'est bien vrai, soulève les montagnes.

VI

La Lune et la chance

SOYEZ-EN persuadé : la Lune vous veut du bien. Elle peut attirer sur vous la chance.

Ceux qui sont nés le premier ou le deuxième jour après la Nouvelle Lune connaîtront une destinée heureuse. Si votre anniversaire a lieu ces jours-là, vous connaîtrez une année pleine d'opportunités.

Si votre anniversaire se situe en Lune descendante, vous récolterez le fruit de vos efforts passés. S'il tombe en Lunc montante, ce sera une année favorable aux nouvelles entreprises. Les rencontres que vous ferez seront durables, vos recherches d'emploi ou d'appartement fructueuses. Les artistes et les chercheurs découvriront de nouveaux pôles de réflexion et d'inspiration, tandis que les industriels exploreront de nouveaux débouchés pour leurs produits. Les commerçants et professions libérales verront leur clientèle s'élargir.

Les deux jours qui suivent la Nouvelle Lune sont favorables à l'action. C'est le moment de se lancer ! Les personnes amoureuses trouveront les mots pour séduire l'être de leurs rêves, tandis que les commerciaux trouveront les arguments pour convaincre des clients récalcitrants. Moment idéal pour un achat important, maison, voiture, gros mobilier, ainsi que pour déménager ou partir en vacances.

Comment attirer la chance

N'oubliez jamais que tous les secrets dorment au fond de vous. Ils vous appartiennent en propre. Pour les réveiller, croyez fortement en eux.

Les grandes lois occultes de la chance sont de :

— Poursuivre un but unique,

— Le vouloir avec persévérance,

— Ne pas se laisser influencer par les échecs,

— Y travailler sans relâche,

— Et croire toujours en l'intelligence de la Providence.

Confiance et amour, voilà la loi des lois.

Pour bien commencer l'année et attirer la chance, je vous livre quelques-uns de mes secrets :

— Allumez des bougies que vous placerez sur le rebord de vos fenêtres, la nuit de Noël. D'après la tradition, ces flammes indiquent la route de Bethléem à la Sainte Famille. Ce geste assure une année de joie, de bonheur et d'abondance.

— La nuit de Noël et du jour de l'an, regardez s'allumer la première étoile, et faites aussitôt un vœu. N'oubliez jamais de souhaiter du bien à ceux que vous aimez, car les pensées positives vous reviennent sous la forme d'actes positifs.

— Un peu partout en Europe, pour attirer la chance sur soi, on dit qu'il faut vider les fonds de bouteille ce soir-là, pour éviter que les âmes ne s'y noient. Alors, dans ce monde matérialiste, n'oubliez pas les âmes ! Elles vous le rendront au centuple.

Par contre, ne raccommodez pas vos vêtements sur vous, cela peut attirer la malchance.

De même, on ne balaie pas la nuit, ni le jour où quelqu'un de la famille part en voyage, cela risque de « balayer » la chance.

VII

Bienfaits et méfaits de la Lune

Les jours qui suivent la Nouvelle Lune subissent des influences particulières. Certains sont maléfiques, d'autres en revanche augmentent votre chance. Apprenez à les distinguer. À chaque jour correspond un élément central. Les indications suivantes vous permettront de mieux en profiter, afin d'en déjouer les pièges et de bénéficier de leurs aspects positifs.

Premier jour : c'est le jour du commencement, de l'inauguration. Il est bénéfique pour les nouvelles entreprises. Vous pouvez ouvrir un commerce, vous marier, entreprendre une démarche, solliciter l'appui d'un puissant, rencontrer un employeur, emprunter auprès de votre banque.

Les enfants nés ce premier jour après la Nouvelle Lune connaîtront le bonheur. L'affection dont ils seront l'objet leur donnera une grande confiance en leurs choix. Ce sont des hommes de décision, d'idées nouvelles, des inventeurs.

Deuxième jour : le jour du hasard : vos chances de gagner aux jeux (loto, casino, tiercé, loterie nationale, concours divers) seront plus grandes que d'habitude. Vous recevrez de bonnes nouvelles, parfois inattendues. Jour favorable également pour les nouvelles entreprises, comme le premier jour.

Troisième jour: le jour du retard. Les choses seront plus difficiles, votre travail sera plus long que prévu, vous rencontrerez des problèmes. Le bon sens seul vous guidera pour en venir à bout.

Si vous tombez malade, il vous faudra davantage de temps pour guérir. Ne commencez pas de traitement, et ne vous faites pas opérer ce jour-là. Sauf urgence bien sûr.

Quatrième jour: le jour de l'argent. Les placements dans l'immobilier et dans la terre sont favorisés. Si vous voulez déménager, acheter un appartement, un magasin, une maison de campagne, un terrain, faites-le en ce quatrième jour. Propriétaire, cherchez un locataire. C'est le jour idéal pour investir. Les actions achetées en Bourse grimperont, l'or sera un placement très sûr. Une bonne affaire: les pierres précieuses.

Cinquième jour: le jour du sentiment. Couple, c'est le moment idéal pour concevoir. Amoureux, si vous fixez votre premier rendez-vous à cette date, vous mettrez tous les atouts dans votre poche. Si vous adoptez un animal, ce sera un compagnon affectueux et fidèle. Les influences de la Lune s'exercent sur tout ce qui touche la maison, le cadre de vie, la famille. Planter des arbres, repeindre la cuisine, acheter du mobilier pour la chambre à coucher ou celle des enfants. Vous serez également inspiré pour choisir des cadeaux.

Sixième jour: celui des récoltes. Profitez-en si c'est la saison de la pêche et de la chasse, vous ne rentrerez pas bredouille.

Faites comme les herboristes : cueillez vos herbes médicinales. Ramassez aussi les fruits, faites des conserves et des confitures. C'est également un jour favorable pour relancer vos clients et vos relations d'affaires.

Septième jour : l'amour est souverain. Surtout si ce jour est un vendredi ou un lundi. On tombe facilement amoureux... mais ça ne dure guère ! Attention aux feux de paille, même s'ils sont bien agréables sur l'instant. Ne faites pas de promesses et ne vous engagez pas sur le plan sentimental ce jour-là. Les personnes dont le nom contient un I ou un C sont favorisées. Ces deux lettres jouent aussi un rôle bénéfique si elles se trouvent dans une adresse, ou dans le sigle d'une société avec laquelle vous êtes en relation.

Huitième jour : c'est le jour du danger ! Évitez les maladies, méfiez-vous des courants d'air, des personnes contagieuses. Les risques de tomber malade, de glisser, de se blesser, de se faire mal, sont plus élevés. Automobilistes, redoublez de prudence, les accidents seraient terribles. Méfiez-vous particulièrement des fautes d'inattention aux croisements. Ce jour-là respectez encore plus que d'habitude les feux tricolores, ne passez pas à l'orange. Respectez la priorité, et évitez les excès de vitesse, surtout sur les petites routes.

Neuvième jour : le jour de la violence. Tout va mal, surtout dans la nuit. Ne montrez pas votre visage à la Lune. Elle abîme les traits et vieillit prématurément. C'est au cours de cette nuit que s'accentuent les crises de folie. Il se passe des choses étranges. Attentats, drames, crimes, viols, conflits familiaux...

Si vous le pouvez, évitez de sortir cette nuit-là, elle est chargée de maléfices. Restez chez vous, en famille, détendez-vous avec un bon livre, devant la télévision, ou en jouant calmement à des jeux de société.

Si vous êtes obligé de sortir, redoublez de prudence. Évitez les endroits déserts, faites-vous accompagner si possible.

Dixième jour: jour des surprises! Des événements inattendus changeront votre vie, des rencontres amusantes, des coups de théâtre. Les disputes tourneront à la comédie, de vieux amis vous appelleront, ou vous les retrouverez par hasard.

Les enfants nés ce jour seront passionnés de voyage. Ils iront par monts et par vaux et courront les routes. Si c'est votre anniversaire, attendez-vous à une année pleine d'imprévus, de retournements de situation. Si vous semblez dans une impasse, attendez-vous à en sortir très vite. Vous allez déménager, rencontrer un nouvel amour, trouver un autre emploi, à moins qu'on ne vous propose un poste dans une autre région ou à l'étranger. Comme vous aimez bouger, mieux vaut accepter.

Pour attirer l'amour

Amour, que de présages autour de ce mot magique!

Tous, on voudrait le connaître et le garder. Et cependant, oiseau capricieux, il va où bon lui semble.

Pourtant, il existe quelques techniques simples, utilisées durant des générations pour l'amadouer. On dit par exemple que les jeunes filles qui désirent se marier doivent regarder vers le nord le matin en quittant leur maison.

Les noyaux vous prédisent également quand vous vous marierez. La première fois de l'année que vous mangerez des cerises, comptez un à un les noyaux dans votre assiette, en répétant : « Cette année, l'an prochain, dans trente jours, jamais... »

Le gland, fruit du chêne, peut être utilisé comme charme d'amour.

Mettez dans une bouteille d'eau du ciel (de pluie ou de source), deux glands.

— S'ils flottent l'un près de l'autre, cela annonce un proche mariage.

— S'ils flottent en s'éloignant, il en sera de même pour le couple.

Opérez à la Nouvelle Lune.

Pour vous assurer de la fidélité d'un amoureux, allumez, le jour de la Pleine Lune, trois bougies. Récitez trois Notre-Père.

Le jour des fiançailles, il est bénéfique que les fiancés partagent une branche de laurier. Tant que l'un et l'autre conserveront ce talisman, leur amour durera.

L'anneau nuptial est un grand symbole. Choisissez bien le jour où vous l'achèterez. Si c'est un lundi, vous aurez la chance d'avoir des filles. Si c'est un mardi, vous connaîtrez une vie très mouvementée. Si c'est un mercredi, votre existence sera heureuse et prospère. Si c'est un jeudi, votre vie sera très occupée, bien remplie. Si c'est un vendredi, ce sera assez dur et compliqué pour le couple. Si c'est un samedi, votre vie sera heureuse, pleine de joie. Le dimanche, même si vous trouvez une bijouterie ouverte, il ne faut acheter aucune bague. D'autre part, il est maléfique de laisser tomber l'anneau nuptial pendant la cérémonie du mariage.

Pour attirer l'argent

Pour être certain d'avoir toujours de l'argent, portez sur vous une pièce tordue ou trouée.

Vous ne devez jamais avoir d'argent dans toutes les poches. Au moment de la Nouvelle Lune, faites tinter des pièces d'argent dans votre poche. Cela ne vous apportera peut-être pas la fortune, mais, d'après la tradition, vous aurez de l'argent jusqu'à la Nouvelle Lune suivante.

Les talismans

Lorsque vous priez, ou lorsque vous souhaitez ardemment que quelque chose se réalise (travail, sentiments, succès aux examens, chance au jeu, santé, problèmes juridiques et administratifs ou autres), utilisez un objet ou un talisman, que vous aurez chargé de vos désirs les plus profonds. Vous augmentez ainsi la force de votre souhait, et les ondes que vous envoyez redoublent d'énergie.

Pour fabriquer votre talisman, utilisez un petit carré d'étoffe de la couleur de votre signe zodiacal. Agissez le jour de la Nouvelle Lune.

Des tournesols plantés dans votre jardin ou le long d'une haie protègent votre maison des voleurs. Si vous les plantez en Nouvelle Lune, comme les autres fleurs et plantes, elles fleuriront mieux.

En Allemagne, les filles en quête de mari se passent une fleur sur les lèvres et l'offrent ensuite à leur élu, pour s'assurer son amour. Par contre, si vous allez voir un malade, ne posez pas le bouquet que vous lui offrez sur son lit, cela risque de retarder sa guérison.

Si un couple de jeunes mariés se regarde habillé en mariés dans un miroir, ils fixent ainsi à jamais l'image de leur bonheur. On dit qu'un miroir cassé entraîne sept ans de malheur. Pour conjurer ce sort, rassembler les morceaux et les enfouir dans la terre.

La Saint-Valentin

Le jour de la Saint-Valentin (14 février) il faut porter un crocus, la première fleur du printemps, pour rencontrer l'élu de son cœur.

L'oiseau que la jeune fille rencontre ce jour-là la renseigne sur l'homme de sa vie.

— un petit rouge-gorge : elle rencontrera un navigateur.

— un petit oiseau avec des plumes jaunes : son amoureux sera un homme riche.

— un moineau : elle vivra à la campagne.

— une colombe : heureux présage.

— une corneille ou un pic-vert : mauvais augure pour son mariage.

Contre les maléfices

Le laurier, dit-on, n'est jamais frappé par la foudre. Certains bûcherons connaissent cette superstition et portent une branche de laurier sur leur chapeau. Cela protège aussi des maléfices si vous en gardez dans votre maison. L'idéal est d'y mêler de la sauge.

Si vous accrochez une branche de laurier le jour du départ en voyage d'un membre de votre famille, l'absent restera en bonne santé tant qu'elle ne sera pas abîmée.

En Corse, il ne faut jamais s'extasier devant un bel enfant, car la mère vous fera les cornes en croisant les doigts. Ou alors, ajoutez « que Dieu le bénisse ! » Une mère ne fera jamais coucher son enfant les pieds dirigés vers la porte. Et lorsqu'une personne de la famille est malade, on laisse sa chaise vide, sans mettre son couvert.

Je vous livre ce secret des vieilles femmes corses : le jour de la Nouvelle Lune, surtout si elle tombe un lundi, ramassez quatre petits cailloux au bord de la mer. Entrez dans la chambre d'un malade ou d'une personne envoûtée, en jetant un caillou devant vous, un deuxième à gauche, un troisième à droite, et le dernier derrière vous. Par ce signe de croix, vous conjurez le mauvais sort ou le mauvais présage.

Vous pouvez également tenir une assiette creuse, pleine d'eau du ciel, sur la tête du malade. Elle capte les mauvaises ondes. Récitez une formule que l'on vous aura transmise, ou une prière apprise la nuit de Noël. Puis, prenez quelques gouttes d'huile à brûler, et jetez-les dans l'eau. Il vous faudra attendre pour la guérision autant de jours qu'il y a de gouttelettes d'huile à la surface.

Un talisman à porter tous les jours est le suivant : dans un morceau de toile, fermé avec un fil de lin, mettez une pièce de monnaie blanche, neuf grains de sel, neuf plantes différentes (le lierre, le trèfle, la pâquerette, l'armoise, et la verveine, que vous complétez avec des plantes que vous cueillez avec respect, en traçant chaque fois un cercle autour de la plante).

En Bretagne et dans certaines régions du Nord, on pratique la voyance grâce à l'hydromancie. Près d'une fontaine ou d'une source sacrée, prendre une poignée d'épingles de couture, en nombre impair. Posez mentalement votre question. Si les aiguilles flottent, c'est un bon présage. Si elles coulent, c'est l'inverse. Si quelques-unes seulement flottent, vos projets subiront du retard.

Le sceau de la Lune

Un excellent talisman est le sceau de la Lune, que vous fabriquerez si possible dans une plaque d'argent, ou, à

VIII

L'oniromancie
ou la prévision de l'avenir par l'interprétation des rêves

La Lune est la grande maîtresse des rêves. C'est durant la nuit, quand la conscience est au repos, que surgissent les merveilles et les frayeurs du fond de l'inconscient. Mais ces merveilles et ces frayeurs ne sont que la partie visible des énergies qui dorment en nous, et que nous pouvons utiliser pour notre plus grand bien.

L'interprétation des rêves est l'un des plus anciens arts divinatoires. C'est dire que la puissance de prévision donnée aux rêves est bien connue depuis fort lontemps. On la retrouve non seulement chez tous les peuples civilisés, mais aussi parmi les sociétés primitives d'Afrique, d'Amérique et des îles du Pacifique.

Les présages n'ont pas d'origine, ils sont aussi vieux que l'homme lui-même. Depuis des temps immémoriaux, les présages ont servi a l'interprétation du monde : forme des nuages, vol des oiseaux, examen des viscères de certains animaux, fontaines, sources, rivières, forme des arbres... Les rêves ont eu un rôle plus important, car issus directement de l'homme. Pour beaucoup, ce sont les dieux qui parlent dans les rêves.

Les érudits chinois pensaient que les rêves se produisaient lorsque l'âme était momentanément séparée du corps. Elle pouvait ainsi entrer en communication avec les esprits, les âmes des morts et les dieux.

Malgré notre monde actuel qui ne veut pas rêver et n'essaie pas d'interpréter ses songes, il a été établi avec certitude que chaque nuit de sommeil normale comprend non pas une, mais plusieurs périodes de rêve. On rêve durant vingt minutes par cycles d'une heure et demie, et cela se caractérise par les M.O.R. (mouvements oculaires rapides). Si vous voyez les paupières d'un dormeur battre très vite, vous pouvez être certain qu'il rêve. Si vous le réveillez à ce moment-là, il s'en souviendra nettement.

Certaines personnes affirment ne pas rêver ; en fait elles ne s'en souviennent pas. D'autres en revanche en gardent un souvenir précis. D'autres en conservent des bribes confuses, mais ne peuvent occasionnellement raconter en détails un rêve particulier, qui, pour une raison ou une autre, les a marquées.

Personne ne nie pourtant que certains songes recèlent une signification particulière. Ils nous envoient des signaux, nous mettent en garde, ou au contraire nous incitent à aller de l'avant, ou encore nous rassurent sur le choix que nous avons fait.

Les rêves n'ont nul besoin d'être prophétiques, bien que certains le soient. Ils ne sont pas non plus censés nous avertir d'une maladie à venir, et pourtant, mes propres rêves, comme ceux de mes consultants, décodés, me prouvent qu'au contraire, très souvent, ce sont des messages.

Les psychologues et les psychanalystes l'ont redécouvert au début de ce siècle, en faisant du rêve un outil de connaissance de l'âme humaine. Pour Freud, le rêve était « la voie royale qui mène à l'inconscient », et une manifestation du désir inassouvi. Pour Jung, les rêves contiennent les archétypes, c'est-à-dire des symboles universels, qui guident l'homme vers l'épanouissement spirituel.

Au cours des trente dernières années, ont été menées en laboratoire de nombreuses expériences sur les rêves. Le moment, la fréquence et la continuité des songes des sujets endormis ont été étudiés scientifiquement. Leur durée, leur qualité ont été considérées en fonction du rythme physiologique et physique, pendant le sommeil et le rêve.

Ces expériences nous ont permis de prendre de nouvelles directions et d'explorer de nouvelles voies dans la science de l'interprétation des rêves. Il suffit de prêter attention à nos rêves, que nul ne peut nous ravir. Le rêve vous appartient en propre, il échappe à toute tentative de le détruire.

Pour maîtriser bien des difficultés, pour comprendre et améliorer votre vie, vous pouvez interpréter ces signaux magiques.

Platon, qui vivait au ve siècle avant Jésus-Christ, pensait déjà que les rêves dévoilent la nature profonde des hommes.

Freud possède sa propre théorie, ramenant l'essentiel au sexe : les songes, d'après lui, permettent l'expression des désirs secrets étouffés par les interdits moraux.

Pour le prophète Mahomet, les rêves restent une conversation entre l'homme et son Dieu. Le Nouveau Testament, comme l'Ancien, cite à plusieurs reprises des songes divins.

Abraham Lincoln, le Président des États-Unis durant la guerre de Sécession, fit, quelques jours avant son assassinat, le rêve qu'il était allongé dans un cercueil à la Maison-Blanche, entouré d'une foule en larmes.

Jacob, fondateur des douze tribus d'Israël, rêva qu'il avait vu les anges monter et descendre d'une échelle. Dieu prédisait que sa prospérité serait aussi nombreuse que les grains de poussière.

Interprétation des rêves

Afin de vous aider à résoudre les problèmes de votre vie quotidienne, à découvrir les solutions qui dorment dans votre inconscient, je vais maintenant vous indiquer les principaux symboles contenus dans vos rêves. En les interprétant dès le matin, vous vous préparerez une journée fructueuse.

Amour, famille

Commettre l'adultère : passion violente.

Faire l'amour, avoir un rapport amoureux : vous serez l'objet d'une grande faveur.

Abandon, abandonner sa famille : ruine financière.

Abandonner sa maison : changement de position.

Déménager, ou être abandonné(e) : transformation de votre vie privée.

Voir des aïeux ou des agonisants : rétablissement d'une personne malade.

Voir des aïeux morts : bonne santé de votre entourage.

Lit neuf : mariage.

Lit brisé : veuvage.

Lit vide : rendez-vous manqué.

Risques

Tomber dans l'abîme : maladie grave.

Sortir d'un abîme : amour retrouvé.

Être victime d'un accident : danger prochain.

Réchapper d'un accident: heureux dénouement d'une affaire en cours.

Eau

Eau dans une carafe ou un vase: augmentation de vos biens.

Porter de l'eau: mariage.

Tomber dans l'eau: danger de mort.

Être dans une eau trouble: danger dans votre entourage.

Se laver à l'eau froide: guérison.

Voir de l'eau stagnante: vous découvrirez quelque chose de trouble, vous entendrez parler d'une affaire de justice.

Eau bénite: deuil.

Nager en eau claire: réussite.

Nager en eau trouble: ennuis.

Bain forcé: mauvaise santé.

Inondation: perte de vos biens, faillite, mauvaise santé.

Laver du linge: on vous pardonne.

Astres

Voir un astre: heureux présage.

Éclipse de soleil: fin d'un amour ou ennuis familiaux.

Éclipse de lune: perte d'argent. Attention au vol.

Santé

Voir un malade danser: guérison retardée.

Voir des dents saines: belle prospérité.

Dents gâtées: décès des parents.

Pousse d'une dent: naissance.

Dents qui tombent: mort d'un parent.

Disparition de toutes vos dents : toute la famille mourra avant vous.

Cracher ses dents : ennuis dans la famille.

Vous embrassez ou vous êtes embrassé : attention à vos ennemis.

Voir un mort : ennuis.

Se voir mort : fin des ennuis.

Voir un mort ressusciter : heureux présage.

Recevoir un présent d'un mort : heureux présage.

Voir vivantes des personnes mortes : changement de situation.

Religion

Prier Dieu : consolation.

Recevoir la bénédiction de Dieu : prospérité.

Voir Dieu en face : joie immense.

Si Dieu vous tend les bras : bénédictions.

Voir un prêtre : maladie.

Prier : le danger s'éloigne.

Voir une église : tromperie.

Prier dans une église : bonheur et protection.

Parler au diable : trahison d'un proche.

Si un diable rentre chez vous : vol.

S'emparer du diable : puissance sur vos ennemis.

Voir un moine dans une église : aide inespérée, cachée, de quelqu'un dont on ne voit pas le visage.

Animaux

Abeilles : réussite, prospérité.

Voir un essaim en vol : fortune.

Être piqué par une abeille : médisances.

Tuer une abeille par votre faute : espoirs déçus.

Voir un papillon : aventure amoureuse.

Voir un agneau venir à vous : consolation.

Manger de l'agneau : vie heureuse.

Caresser un agneau : vous serez heureux en amour.

Entendre un agneau bêler : naissance prochaine.

Nid avec des oiseaux : prospérité, accroissement de la famille.

Voir une hirondelle : réussite dans vos entreprises. Signe de chance.

Une hirondelle entre dans votre maison : bonheur imminent.

Tuer une hirondelle : mauvais présage.

Voir un écureuil en liberté : on cherche à vous joindre, vous recevrez une invitation.

Aliments

Voir un oranger : mariage ou liaison heureuse.

Voir un oranger chargé de fruits : fortune.

Fruits, ou arbres fruitiers chargés de fruits en leur saison : bon présage, augmentation de vos biens.

Compote de pommes : adultère.

Manger des pommes : trahison.

Manger du poisson : signe de bonne santé.

Manger du gâteau : vous serez invité.

Voir de la farine : augmentation de vos biens.

Êtres humains

Homme âgé : protection.

Voir un avocat : procès : complications.
Voir un notaire : bon présage.
Voir un juge : indécision.
Voir une femme inconnue : piège.
Une femme qui pleure : risque de misère.
Une femme qui danse : invitation, joie.
Une femme rousse : vous allez connaître une grande passion.

Feu

Feu sans fumée : abondance de bien.
Voir de la fumée : ennuis, tracas.
Voir un feu qui pétille et des étincelles : discussions très animées, mais aussi visites, imprévus.
Si vous n'arrivez pas à allumer le feu : problèmes dans vos amours.

Argent et pierres précieuses

Recevoir des pièces de monnaie : gain aux jeux.
Trouver des pièces de monnaie : surveillez vos biens.
Pierre précieuse : vous recevrez un cadeau.
Perle : deuil.
Émeraude : bonheur en amour.
Diamant : succès dans vos affaires.

Certains rêves m'ont beaucoup impressionnée.

Celui-là, entre autres : nous avions des amis d'enfance. Ils avaient fondé une famille de sept garçons. Nous recevions plus souvent l'un d'eux, Pierre, ami de mon fils. C'était un garçon de vingt ans, vif, intelligent, qui avait quelque chose de différent dans le regard. Très pieux, aussi. Chacun s'accordait à penser qu'il finirait dans les ordres sous l'habit, probablement chez les contemplatifs, ou bien moine pèlerin.

Très brillant de surcroît. Il lisait Virgile dans le texte. Cet été-là, ses parents l'avaient autorisé à partir pour la Grèce. Il s'agissait de son premier grand voyage.

Il s'en alla. Peu après, je rêvai qu'il se trouvait seul sur une île. Il était habillé tout en blanc. Moi j'étais sur la berge. Tout à coup, il se mit à me faire de grands signes de la main. Au début, je croyais qu'il s'agissait d'un signe amical. Non, les gestes étaient trop précis, trop chargés d'émotion. Je me dis qu'il voulait que je le rejoigne. Et puis la vérité m'apparut : il me disait au revoir.

Je l'appelai : « Non, Pierre, ne partez pas, ne partez pas ! » Je ressentais un grand danger autour de lui, d'autant que la couleur blanche de ses vêtements m'inquiétait. Aussi, je m'efforçai de le convaincre de me rejoindre. Près de moi, il serait en sécurité. « Venez, venez ! » criai-je encore. Mais l'eau nous séparait.

L'angoisse et le chagrin montaient en moi, si forts que je me réveillai, très mal à l'aise.

Au petit déjeuner, je dis à mon fils : « J'ai rêvé que ton copain Pierre était sur une île qui dérivait. Je l'appelais en vain, mais il me faisait au revoir de la main, résigné. »

En le racontant, je me sentais bouleversée, car je craignais de comprendre.

Espérant encore, je demandai à mon fils :

— Sais-tu s'il est rentré ?

— Je ne pense pas. Je vais passer voir ses parents.

Dans la journée, mon fils revint, le visage défait.

— Maman, sais-tu la chose la plus cruelle qui puisse arriver à une mère ?

— Pierre est mort, m'entendis-je répondre.

Mon fils ne put hélas que confirmer mes dires. À l'heure où ce jeune garçon était venu me dire au revoir (en fait, se servir de moi comme médium pour dire au revoir à sa mère et à son père), il avait eu un accident de voiture en Grèce. Transporté à l'hôpital dans le coma, il était mort avant d'arriver à la salle des urgences...

Tous les êtres vivants libèrent, à l'instant de leur mort, une certaine quantité de l'énergie qui les a animés. C'est pourquoi, souvent, à l'instant où un être cher disparaît, même à des milliers de kilomètres, vous pouvez capter le message. Quand l'âme nous quitte, il est fréquent qu'elle s'adresse à un médium branché sur des plans supérieurs. J'ai capté ce message. Et Pierre, avant d'aller rejoindre le monde de lumière qui l'attendait de l'autre côté, est venu dire adieu à ce monde qu'il quittait à la fleur de sa jeunesse.

Ce rêve a eu lieu voilà plus de dix ans, et pourtant, depuis, l'image en est restée toujours aussi nette dans mon esprit. Je revois le visage de ce garçon si doux, que Dieu jugea bon de rappeler à lui, comme si c'était hier.

Un des autres rêves qui m'ont marquée est celui d'une consultante. Bien souvent en effet, ceux qui viennent me voir me demandent des explications à propos d'un rêve. Ils sentent bien que, durant la nuit, un message important leur a été délivré. Mais, faute de le comprendre, ce rêve reste lettre morte.

Donc cette cliente m'appela un matin. Tout de suite, je notai que sa voix était lourde d'anxiété. Cette femme vivait une véritable épreuve. Elle se trouvait à l'hôpital, où elle subissait un traitement compliqué suivant une intervention chirurgicale. Son cas était extrêmement grave.

D'une voix tendue, elle raconta que dans son rêve, sa

mère lui désignait le tableau de la courbe de température, au pied du lit. Dans la réalité, sa mère était décédée plusieurs années auparavant. Or, sur le tableau, la courbe avait disparu : il n'y avait plus rien. Un peu comme si elle était elle-même décédée. Sa vie gommée, il fallait enlever le tableau devenu inutile.

Au fur et à mesure qu'elle parlait, je voyais son rêve, comme si j'en étais la spectatrice privilégiée. Je voyais la consultante, sa mère, le trait rouge de la température, ainsi que son nom écrit à l'encre bleue.

— Flavie, qu'est-ce que cela signifie ? me demanda-t-elle.

Je tentai de la rassurer :

— Ne vous inquiétez pas, cela ne veut peut-être rien dire. Votre mère vous fait signe.

Soudain monta en moi ce formidable et mystérieux pouvoir de voyance et je continuai sur un ton beaucoup plus ferme :

— Votre mère vous adresse un avertissement. Elle veut vous protéger de quelque chose. Les médecins envisagent de modifier votre traitement dans les jours à venir. Je ne peux vous expliquer pourquoi, mais n'acceptez aucun changement.

Incroyable : une demi-heure plus tard, le médecin arriva en compagnie des infirmières et des internes.

— Bonjour, madame, nous avons décidé de modifier vos ordonnances.

Aussitôt ma cliente se mit à crier avec le peu de forces qui lui restaient :

— Non, il n'en est pas question ! Je refuse !

Le médecin argumenta, tenta de la convaincre, mais, devant sa détermination, finit par s'incliner.

Eh bien, à partir de ce jour son état s'améliora sensiblement. Aujourd'hui, Dieu soit loué, elle est toujours de ce monde. Et qui sait, je lui ai peut-être sauvé la vie...

Un autre type de rêve, c'est le rêve prémonitoire. Combien de fois est-on prévenu à l'avance d'événements importants ! En effet, dans la médiumnité, le temps n'existe pas. Par le présent on peut avoir accès au futur.

Je vais vous donner un exemple.

Un matin, Michèle, une amie médecin, m'appelle :

— Flavie, j'ai rêvé de toi cette nuit. Il y avait un monde fou, on se serait cru dans une foire. Puis je t'ai vue monter sur un toboggan. Et tout d'un coup tu as disparu ! Je me mis à ta recherche, et je t'ai finalement retrouvée dans un lit !

Débordée de travail, je ne repensai plus à ce rêve de la journée. L'après-midi, elle m'appela pour me proposer d'aller faire des emplettes aux magasins du Printemps où nous avions remarqué un jour un canapé.

— J'aimerais avoir ton avis, dit-elle.

— Tu sais, Michèle, je n'ai pas beaucoup de temps en ce moment.

Elle insista.

— Si, tu dois te détendre. Rejoins-moi là-bas avant la fermeture.

Finalement j'acceptai : souffler un peu me ferait du bien.

Le soir, je pris un taxi, me trompai de magasin — bien sûr —, et j'arrivai énervée, énervée, un étage trop haut.

Soudain, je sentis que j'allais me trouver mal. Il n'y avait pas de siège. Je décidai de descendre à l'étage du dessous, pour m'asseoir sur les canapés.

J'empruntai l'escalier roulant... puis plus rien. Je m'écroulai. J'entendis soudain une voix qui demandait de toute urgence un médecin par haut-parleur. J'étais incapable de parler. Je sentis qu'on m'emportait sur une civière, parmi la foule.

Puis je me retrouvai dans un ascenseur... qui s'arrêta. Malgré mon état de semi-inconscience, je compris ce qui se passait : une panne. Un pompier cria dans le micro : « Vite, vite, débloquez l'ascenseur, elle va nous claquer entre les doigts ! »

En fait, mon cœur lâchait. J'avais six de tension. L'ascenseur finit par repartir.

Pendant ce temps, mon amie médecin, qui me cherchait, répondait à l'appel des haut-parleurs. Pour découvrir que la personne victime d'un malaise n'était autre que moi...

Et c'est là que son rêve de la nuit précédente prit toute son ampleur prémonitoire : elle avait rêvé de l'escalier roulant (le toboggan), de la foire (le grand magasin) pour me retrouver dans un lit (sur une civière).

Mais, trop débordée, je n'avais pas été aussi disponible avec elle que je le suis avec mes consultants.

Les rêves indiquent donc parfois clairement des éléments importants de votre vie. Ils sont vos alliés, comme la nature peut devenir votre amie si vous l'écoutez et la respectez.

TROISIÈME PARTIE

LES FILLES DE LA LUNE

I

Les lunaisons

Le Seigneur fait sortir de terre les simples. L'homme sensé ne les méprise pas...

(La Bible)

LA première Nouvelle Lune du printemps est très importante pour les plantations et les semis, mais aussi pour commencer quelque chose, un traitement, ou ce qui est lié au cœur, qui subit de bons influx. Cette première Nouvelle Lune détermine la date changeante de Pâques, et des fêtes religieuses qui suivent. Nouvelle Lune et Pleine Lune du printemps gorgent de sève la terre mère nourricière, et accélèrent toute végétation. Certains bourgeons ou racines n'avaient pas bougé, et voilà qu'un lutin malin les anime, en quelques jours tout change, parfois en quelques heures. Certains arbres et arbustes se couvrent de fleurs et de feuilles.

Dès la seconde Nouvelle Pleine Lune du printemps, les arbres fruitiers sont couverts de fleurs. Cette seconde Nouvelle Lune est capitale. Tout est décidé à ce moment-là : les bonnes récoltes comme les mauvaises.

C'est une très bonne période pour repiquer les plantes de vos massifs, cela jusqu'à sept jours après la deuxième Nouvelle Lune du printemps.

La troisième Nouvelle Lune est bénéfique pour tailler les arbustes, jusqu'à la Pleine Lune. Ensuite, laissez faire la nature, vous ne devez plus tailler ni planter durant cette période.

Puis nous arrivons au solstice de juin, mais cette quatrième Nouvelle Lune a le pouvoir de donner le maximum de sève aux plantes encore endormies. Les branches forcissent, car ce solstice qui coïncide avec la Pleine Lune est des plus importants. Nous entrons dans la période où le Soleil aura moins de force, où la Lune va le soutenir dans sa dernière course et sa descente, pour arriver au solstice d'hiver du 20 décembre. La Lune, en prenant le relais, agira sur les marées, qui seront plus fortes. Les plantes qui avaient un peu végété connaîtront un sursaut de vitalité. Il faut donner son plein d'énergie avant le grand sommeil. Dans les potagers, c'est le moment de la récolte des légumes. Pour vous soigner, c'est une période bénéfique, et aussi pour cueillir vos plantes lunaires, avant le lever du soleil. J'explique plus loin comment ramasser les simples et les herbes de la Saint-Jean.

Nous arrivons à la cinquième Nouvelle Lune. C'est l'été. Pour récolter, moissonner, mieux vaut attendre quelques jours, pour laisser les grains et les légumes se gorger des bienfaits de la Pleine Lune. Ils se conserveront mieux.

Voici la sixième Nouvelle Lune. Cette Lune montante apporte un peu de répit au jardin. Faites prendre des bains de Lune à vos plantes. Ils seront irradiés de cette force venant de l'astre de la nuit, qui les purifie des parasites.

La septième Nouvelle Lune, c'est l'amorce de l'automne, avec ses senteurs. Les arbres et les fleurs donnent un dernier salut à l'été qui s'éteint dans une apothéose de couleurs

Tous les poètes ont chanté la beauté de l'automne. La nature se pare d'une robe merveilleuse avant de s'endormir. C'est aussi la saison des fortes marées, les marées d'équinoxe. Cette force lunaire qui agit sur tout ce qui est liquide va provoquer des tempêtes, mais c'est aussi le moment d'aérer la terre.

Ces marées d'équinoxe sont très perturbantes pour les personnes nées dans un signe d'eau, Cancer, Scorpion, Poissons, qui sont soumises, comme tout ce qui vit sur notre planète, aux bombardements cosmiques. Puis, dans cette tourmente, ces personnes s'en sortent un peu brisées. Mais, après cette Pleine Lune, la nature s'apaise.

Pour accueillir la huitième Nouvelle Lune, la forêt est au plus intense de sa couleur. Le feu qui la teinte est encore celui du Soleil, celui de l'été de la Saint-Martin tout proche. C'est le moment de récolter les noix, les noisettes, les poires, les pommes. Après la Pleine Lune, récoltez vos pommes de terre, et moissonnez le maïs. Vos bouquets de fleurs que vous ferez sécher seront les derniers. Récoltez aussi le plantain, mon herbe miracle.

Avec la neuvième Nouvelle Lune, nous pénétrons dans l'hiver. À la Sainte-Catherine (25 novembre), tout prend racine. Il peut être intéressant de revoir la disposition de votre jardin. Nettoyez en Lune descendante, et transplantez à cette époque, et vos arbres et arbustes seront au mieux pour profiter des derniers beaux jours. Arrosez-les, le matin, avant le lever du Soleil.

Le mois de décembre est accompagné de la dixième Nouvelle Lune, avec en prime, vers le 20, le solstice d'hiver. Là, le soleil va commencer à reprendre des forces. Ce jour-là, il est recommandé de faire offrande d'un arbre à la terre, un arbre que vous aimerez, qui vous protégera, et à qui vous confierez vos joies et parfois vos peines. Je suis moi-même née au solstice d'hiver, dans la nuit du 20 au 21 décembre.

On dit que si le jour de Noël, la Lune se trouve dans ses neuf premiers jours de croissance, l'année qui arrive sera très fertile. Au contraire, s'il tombe du dixième au treizième jour, les récoltes ne seront pas abondantes. Plus la Lune est claire à Noël, plus la récolte des pommes est belle. Une nuit de Noël sans Lune, c'est une année à prunes.

Les jours rallongent, mais l'influence céleste est à son comble, les gelées et la neige paralysent. La végétation dort. Baignée dans ces clairs de Lune, la nature paraît médusée et une étrange fascination s'en dégage. Pourtant les arbres noirs et nus restent vigilants, car ils se méfient de la Pleine Lune de la onzième lunaison, qui apporte des surprises en rapport avec la température. Pour égayer les jardins, seule la rose de Noël est là, attendrissante. C'est une période d'attente. Si le temps le permet, on peut en profiter pour planter les derniers bulbes de fleurs.

Durant la onzième Lune, tout sommeille.

La douzième et la treizième Lune (assez rare, celle-ci) annoncent le prochain réveil. Nous arrivons fin février, début mars. La sève fait frémir les plantes, la terre se réchauffe et craquelle, sous la poussée de cette vie enfouie dans ses entrailles. Et de nouveau s'opère le miracle. Pourtant, il reste des hésitations, car le froid peut encore surprendre, mais la promesse de cette merveilleuse Nouvelle Lune du printemps est là.

II

Les amies de la Lune

TOUT ce qui vit a un langage, qui n'est peut-être pas le nôtre, mais que l'on peut comprendre. Les plantes nous protègent, car elles communiquent avec le Sacré. Quand je cueille mon plantain et mes autres herbes, j'agis avec beaucoup de délicatesse. De même pour mes blés de la Saint-Jean, que je ramasse avec respect.

Pourquoi les plantes guérissent

Durant des millénaires, avant les découvertes scientifiques qui permirent le développement de la chimiothérapie, les hommes se sont soignés grâce aux plantes. Il s'agissait d'un savoir empirique, qui ne pouvait se mesurer en laboratoire : on testait, et on constatait les résultats à travers les générations. Comme bien souvent les gens étaient illettrés, c'étaient les médecins et les prêtres qui s'occupaient d'accumuler les connaissances.

De nos jours, malgré les bienfaits inouïs apportés par les progrès de la médecine, de l'hygiène et de la chimie, on s'aperçoit que l'on a atteint certaines limites.

On redécouvre les vertus de la douceur, des soins sans violence et sans effet secondaires. Cela explique le grand succès de l'homéopathie, de la naturopathie, de l'aromathérapie. En Chine, les médecins recensent actuellement de façon poussée les résultats dus à la médecine traditionnelle, utilisée parallèlement à la médecine occidentale. Dans nos pays, les esprits sont devenus plus ouverts et plus indépendants. Plutôt que de dépendre de spécialistes pour des maux courants, on cherche à se soigner soi-même, pour des raisons de rapidité, d'efficacité, d'économie, et également parce que le rapport au corps a changé. Le malade ne veut plus être considéré comme un organe que l'on soigne, mais comme un être qu'il faut considérer dans son entier.

Grâce aux plantes et aux simples, c'est le malade qui se soigne lui-même, car il connaît son propre rythme. Si je répète qu'il ne faut jamais hésiter à consulter des médecins, il est évident que pour nombre d'affections courantes, chacun est à même de devenir son propre docteur.

Voilà pourquoi je vous livre quelques-uns des secrets de mes maîtres, et d'autres que j'ai découverts. Lorsque vous préparerez les infusions, décoctions, cataplasmes dont je vous indique les recettes, tenez toujours compte de la position de la Lune. En les buvant, en les appliquant, expliquez à votre corps pourquoi vous le faites. Demandez-lui sa collaboration : votre corps sait très bien que sans votre esprit, il serait exposé à tous les problèmes. En revanche, si vous en faites un allié, vous pourrez lutter efficacement contre les maladies.

Les plantes sont intimement liées à notre vie. Sans elles nous ne serions plus là. Elles nous procurent nourriture, oxygène, guérison, beauté. Donc respectons-les. Ceux qui ont « la main verte » sont les personnes qui n'hésitent pas à offrir de la musique à leurs plantes, se préoccupent de les placer au bon endroit, leur parlent. Les vibrations positives que l'on émet les nourrissent autant que l'eau et la lumière.

Les dix mille détenus de la prison de l'île du Diable, près de New York, connaissent bien ce phénomène. Ils entretiennent avec une passion farouche les plantes vertes du réfectoire et de la chapelle. Beaucoup, au spectacle tranquille et merveilleux de la nature, voient leur vie transfigurée.

Les gens qui par contre posent leurs pots n'importe où, comme de vulgaires objets, verront vite les plus coûteuses plantes vertes dépérir.

Avant de cueillir mes plantes, je leur demande la permission. De même lorsque je suis obligée de leur arracher une feuille. Je leur explique que j'ai besoin de leur collaboration pour soigner des humains ou des bêtes. Elles le comprennent très bien, puisqu'elles s'épanouissent de plus belle.

Les plantes sont liées entre elles par une âme collective, et communiquent dans un langage qu'il nous appartient d'apprendre, si nous voulons les écouter et les rendre heureuses.

On connaît les expériences faites dans les laboratoires. Des savants ont utilisé les appareils à détecter le mensonge. Et, surprise ! les plantes réagissent, reconnaissent leur propriétaire, et sont sensibles aux ondes environnantes et à la vibration dc la vie. Elles subissent les émotions de leurs maîtres, chagrin ou joie, et surtout peur.

À ceux qui doutent encore, laissez-moi raconter une aventure tout à fait étonnante qui m'est arrivée voilà une dizaine d'années.

À cette époque, je recevais ma clientèle un jour par mois chez une amie qui possédait une propriété dans la Marne. Les consultants attendaient dans le vestibule, transformé pour l'occasion en salle d'attente. Mon bureau se trouvait au premier étage de la maison, éclairé par une baie vitrée. Entourant ma table de travail, deux magnifiques ficus s'épanouissaient.

Un jour, mon amie se permet de frapper à la porte durant une consultation, ce qui ne lui arrive jamais. Elle me demande de descendre au rez-de-chaussée : on m'appelle au téléphone, c'est urgent et important. Je m'excuse auprès de la consultante et la laisse dans le bureau, le temps de prendre la communication.

Le coup de fil me bouleverse. On m'annonce quelque chose de terrible, qui va changer le cours de ma vie. Je suis effondrée, anéantie.

Je remonte après avoir raccroché et promis de rappeler d'ici un quart d'heure. Je suffoque, ressens un début de malaise, mais j'essaie de me vider la tête pour reprendre la consultation. J'ai beau essayer, impossible. Je suis tellement bouleversée qu'il m'est interdit de me concentrer. Finalement, j'informe ma cliente que, par honnêteté, dans l'état où je me trouve, je ne puis poursuivre plus avant mes investigations. Elle comprend, et nous convenons d'un autre rendez-vous.

Puis je redescends pour rappeler comme convenu mon correspondant. Pendant ce temps, mon amie monte à l'étage pour chercher un livre. Soudain, je l'entends pousser un grand cri.

— Ma plante ! Oh mon Dieu, ma plante !

Je me précipite à mon tour, et là, j'assiste à un incroyable spectacle : la plante, qui était encore superbe une minute auparavant, une merveille de plus d'un mètre cinquante de hauteur, fièrement attachée à son tuteur, est comme électrocutée. On dirait qu'elle a été frappée par la foudre, brûlée, calcinée. Elle se trouve pratiquement roulée en boule, recroquevillée sur son bâton, ses feuilles pendant lamentablement.

Mon amie et moi sommes stupéfaites. Mais nous ne tardons pas à comprendre.

La plante a pris sur elle toute l'émotion, la terrible énergie qui se dégageait de mon corps, lorsque je suis revenue, remuée jusqu'au fond de l'âme. Elle a pris sur elle le choc électrique que je ressentais, et en est morte.

Dans les semaines qui suivirent, nos efforts pour la sauver et lui redonner vigueur demeurèrent sans effet. Ni engrais, ni terreau, ni rempotage, ne purent la sauver : elle avait été brisée par le chagrin.

Les plantes sont ainsi : ce sont des anges gardiens dont le Seigneur a jugé bon de peupler son vert paradis. Ce ficus avait été brûlé par la douleur qui émanait de mon aura.

Les années ont passé. Souvent, mon amie et moi en reparlons. Plus tard, elle remplaça la plante, mais par une autre espèce. Et moi, je reste persuadée que cette plante m'a sauvé la vie, car j'étais tellement effondrée après ce coup de fil que je redoutais un arrêt cardiaque. Je sais depuis que l'on peut éprouver de la reconnaissance pour une simple plante.

D'ailleurs, ne dit-on pas que le manque de verdure et d'arbres favorise la délinquance ? Dans notre univers stressé, peut-être serait-on avisé d'offrir à la jeunesse des jardins pour faciliter sa réflexion et ses jeux. Car l'homme, qui croit pouvoir vivre sans la nature, devrait se souvenir qu'il en fait partie, et qu'en la détruisant, il se détruit lui-même, corps et âme.

Roméo et Juliette chez les plantes

On l'aura compris, j'ai toujours eu chez moi beaucoup de plantes. Je leur parle bien sûr, je leur fais écouter de la musique. Elles partagent un peu ma vie, car il ne suffit pas de leur donner de l'eau et de la lumière, il leur faut aussi une présence.

Ne laissez jamais une plante seule dans votre maison. Donnez-lui une amie. Si l'une a l'air de végéter, approchez-la d'une autre en meilleure santé, elles partageront leur vitalité. Vous verrez, c'est prodigieux. Pour les changer de place, ou les rempoter, agissez en Lune croissante.

Un jour, on m'offre une petite plante. Avec stupeur, je m'aperçois quarante-huit heures plus tard que le philodendron près duquel je l'ai placée commence à l'entourer, comme un humain enlace sa fiancée.

— Tiens, comme c'est drôle, me dis-je.

Mais les suprises de la nature ne m'étonnent plus, si elles m'émerveillent toujours.

Les jours passent. À quelque temps de là, je me rends à une noce.

Lorsque j'en reviens, j'ai à la main le joli bouquet de la mariée avec un ruban de dentelle autour. Elle m'a dit en me l'offrant :

— Flavie, je sais que toi, tu vas magnétiser ce bouquet, et qu'en ta compagnie il ne risque pas de s'abîmer.

En rentrant, je le plante dans le grand pot contenant mon philodendron, et je dis à ces deux plantes enlacées :

— Voilà un cadeau pour les amoureux. C'est pour votre mariage !

Vous allez comprendre pourquoi il faut faire très attention aux paroles que vous prononcez, que ce soient des paroles d'amour ou de haine en présence de vos plantes. Elles émettent une vibration particulière qui peut faire le mal ou le bien.

Chaque jour, je constate que ces deux plantes s'épanouissent, et véritablement, s'aiment d'amour tendre. Mes amies s'extasient devant ce touchant tableau, la plus grande enveloppant la plus petite, avec, entre elles, ce bouquet de mariée les unissant pour le meilleur et pour le pire.

Tout se passe bien dans la vie de mon couple vert. Pourtant un jour, je dois entreprendre des travaux de peinture. Déjà débordée de travail à l'époque, je n'ai pas le temps de donner des instructions précises au peintre. Je pense qu'il aura l'idée de déménager la pièce, et de mettre les plantes ensemble. Hélas, il les pose dans un coin, sans se soucier de rien.

Dix jours plus tard, lorsque les travaux sont achevés, je constate que les deux plantes sont séparées, et que le bouquet de la mariée a été enfoui au fond d'un tiroir.

Je réinstalle ces deux plantes côte à côte, je leur parle, je les supplie de m'excuser pour mon erreur, mais il est trop tard : la petite plante se meurt. Elle ne met pas trois jours à s'étioler.

Trois semaines plus tard, le philodendron meurt à son tour.

Hélas ! Je me souviendrai toujours de cette merveilleuse passion entre mes deux plantes. Depuis, je veille à garder les plantes dans une atmosphère d'amour et d'affection. Lorsque je constate qu'elles s'entendent bien, je ne les séparerais pour rien au monde.

Pour dispenser autour de vous le bonheur, comptez sur l'aide des plantes : ce sont de véritables alliées qui ne vous jugent pas, vous comprennent plus qu'on ne le croit, et ne vous font jamais défaut.

III

Conservez votre santé grâce à la Lune

NOUS allons maintenant apprendre comment utiliser au mieux les plantes et notre propre énergie, dont l'action est à son maximum à la Lune pleine ou décroissante.

J'ai vécu dans un milieu de gens de la terre, qui se transmettaient leur savoir de père en fils, et de mère et grand-mère à petite-fille.

Une règle simple à retenir : tout ce qui pousse au-dessus de la terre doit être semé en Lune Montante. Tout ce qui croît en dessous, en Lune Descendante. Les paysans parlent volontiers de la Vieille Lune, qui correspond au dernier quartier avant la Nouvelle Lune, c'est-à-dire la Lune Descendante.

Par exemple, il faut planter oignons, aulx, échalotes, en Lune Descendante, les récolter à la Nouvelle Lune.

Lorsque j'étais enfant, nous arrachions les betteraves en Lune Descendante, jusqu'à la Pleine Lune. Nous leur laissions prendre un bain de Lune pour qu'elles se chargent davantage de sucre. Ensuite, après la Nouvelle Lune, nous les portions à la sucrerie.

Les laitues, poireaux, pommes de terre, carottes, choux, tout ce qui ne doit pas monter, doivent être plantés en Lune Descendante. Les semis de laitue faits en Lune Montante risque de donner des laitues « montées ».

Mais les légumes et céréales doivent être plantés en Lune Montante.

Disposez la fumure ou engrais naturel durant les quatre jours qui suivent la Nouvelle Lune.

Mettez le vin, la bière, le cidre, la frênette en bouteilles en Lune Descendante, ainsi que vos conserves et vos confitures.

Semez et taillez en Lune Montante. Taillez les arbres en Lune Montante, quelques jours avant la Pleine Lune. Sauf la vigne, à tailler et récolter en Lune Descendante pour que la récolte soit abondante.

Les herbes aromatiques, que je conseille également pour votre beauté et votre santé, le thym, le persil, l'estragon, doivent être semés en Lune Descendante, juste avant la Pleine Lune, et cueillis en Lune Montante, avant le lever du soleil. Ces herbes conserveront alors toute leur saveur. Le laurier-sauce (j'en ai toujours un bouquet dans l'entrée de ma maison, par tradition), arbre lunaire très résistant, doit être planté ou transplanté en Lune Montante.

Arrosez vos plantations au clair de Lune. Le domaine de la Lune étant l'eau, cette eau sera chargée de force magnétique, pour le plus grand bien de vos plantes.

La Saint-Jean

Ma cueillette du solstice d'été se déroulera la nuit de la Saint-Jean, du 20 au 21 juin. Du 21 au 24 juin, les jours sont d'égale longueur. Ensuite, ils commenceront à décroître et le soleil brillera de moins en moins longtemps. La Lune, elle, entrera alors dans un cycle de renouveau et toutes les herbes y participeront. Cueillies sous les rayons lunaires, elles seront à l'apogée de leurs forces.

La Saint-Jean, les blés, nous rappellent le symbolisme du feu, de cette vie généreuse, qui jaillit sur toute la surface de la terre. Les Anciens ont toujours respecté le Soleil et le Feu, car le feu est le plus ancien symbole de la divinité, alors que la Lune est le symbole de la divinité féconde. Ces deux astres indispensables sont le symbole de l'ambivalence de l'être humain, le Soleil nourrit mais peut dessécher, la Lune approfondit mais peut anémier.

La Saint-Jean est également une nuit magique. Dans les Flandres, cette nuit-là, les jeunes femmes qui veulent être aimées par leur compagnon sans crainte d'être trompées mettent une feuille de noyer dans leur chaussure gauche.

En ce qui concerne mes herbes, je dispose de quelques jours autour de la date du 21 juin pour les cueillir.

En revanche, je cueille les blés cette nuit-là. Je les rassemble en gerbes de sept épis, noués par sept tours de fil d'or. Ensuite, je leur fais prendre un bain de Lune jusqu'au 24 juin. Car à ce moment-là sont allumés des feux pour célébrer le renouveau de la vie et de la lumière. Et ces gerbes, je les distribue aux amis.

Cependant, les gerbes de l'an passé seront brûlées et rendues à la terre-mère. N'oubliez *jamais* ce principe qui transformera votre vie : ce que la terre vous a donné, il faut le donner à votre tour. Nous rendrons donc ce blé à la terre-mère sous forme de cendres ou de poussière. Car, durant toute une année, il nous aura procuré ses bienfaits, et se sera chargé de nos ondes négatives.

Comme il est écrit dans les Saints Évangiles : « Poussière, tu es poussière et tu retourneras en poussière. » Voilà une autre loi sacrée de la vie : ce qui sort de la terre y retourne un jour.

Jadis, la cueillette des herbes de la Saint-Jean donnait lieu à des fêtes, des danses et des réjouissances païennes. Depuis l'avènement du christianisme, cette cueillette a pris un sens plus profond, puisqu'il s'agit d'honorer le cycle de la vie, comme celui de Jésus-Christ, qui mourut pour renaître en chacun.

La Sainte-Barbe

Le jour de la Sainte-Barbe, pour répandre la chance, on sème dans une jarre de terre autant de grains de blé que l'on souhaite mais toujours un nombre impair : par exemple une date de naissance dont on additionne les chiffres. On place ce pot à l'intérieur de sa maison à cause du froid, on l'arrose.

Personnellement, après avoir enfoncé mes grains dans la terre, je répands du marc de café au-dessus. C'est un magnifique engrais. Ce blé ne va pas tarder à lever. Il peut atteindre plus de vingt-cinq centimètres à Noël, en moins de vingt jours. On en fait des bouquets. Entourés d'un ruban, on les offre aux personnes aimées. Il porte bonheur. Plus le blé sera épanoui au moment de Noël, plus la chance sera de votre côté dans l'année qui suivra.

Quand cueillir les plantes ?

En traitant vos plantes en alliées, vous décuplerez les bienfaits dont elles vous comblent. Il est donc important de connaître leur rythme et d'en tenir le plus grand compte.

Mes plantes, mes feuilles, mes fleurs, je les cueille du mois de mai à la mi-juillet, toujours quelques jours après la Pleine Lune. Par contre, les racines, je les cueille quelques jours avant la Pleine Lune.

Certaines plantes sont des fleurs. D'autres, des feuilles. D'autres encore, qui sont les deux à la fois, sont très souvent des racines. Apprenez à les distinguer, en vous procurant un de ces petits ouvrages fort bien faits qu'on vend dans le commerce. Les fleurs aiment davantage la lumière, les feuilles aiment souvent la douce chaleur humide, et les racines préfèrent les mystères des profondeurs.

Une fois ma récolte faite, je l'étale sur de grandes feuilles de papier. Je leur laisse prendre des bains de Lune durant plusieurs nuits. Je les expose aux rayons bienfaisants de notre luminaire, durant la Pleine Lune. En effet la Lune, lorsqu'elle est pleine, passe pour purifier tout. Les plantes qui dépérissent, ou les plantes malades, retrouvent vigueur ou s'épanouissent à cette lumière. Dans ce cas, lavez les feuilles ou vaporisez de l'eau avant de les exposer.

Ensuite, je les rentre et je les lie en bottes. Lorsqu'elles sont bien séchées, je place les fleurs et les feuilles dans des sachets de tissu que je perce de petits trous. Je les attache d'un fil.

Les racines, en bottes, seront accrochées dans le grenier. Ne placez aucune plante dans une cave, par exemple.

Si votre demeure ne comporte pas d'endroit sec, vous pouvez les laisser dehors, à l'abri de la lumière. Sinon elles perdraient leurs vertus.

En Bretagne, il y a, dit-on, les herbes de sorciers. Le bouquet protecteur est formé de verveine et de trèfles à quatre ou cinq feuilles si possible. Se souvenir que les druides cueillaient le gui le sixième jour du mois lunaire, c'est-à-dire après la Nouvelle Lune.

Pour se sentir bien

D'abord, retenons ce principe : notre corps est animé de mouvements semblables à ceux des marées. Dans tous les cas, on dit qu'il ne faudrait pas prendre de médicaments pendant l'heure de la marée.

En Lune montante, notre corps absorbe et emmagasine, il gonfle. En Lune Descendante, il évacue toutes les graisses ou toxines accumulées.

Évitez les opérations en Lune Montante, si vous pouvez programmer le moment de l'intervention chirurgicale. Les plaies faites en Lune Montante risquent d'être plus longues à cicatriser et les fièvres plus violentes.

En revanche, la Lune Montante est favorable aux soins des yeux.

Pour entreprendre un traitement qui ne présente pas de caractère d'urgence, attendez la première Nouvelle Lune du printemps. Rappelons qu'un calendrier, en fin de volume, précise la position de la Lune.

Ma grand-mère, forte de son expérience, utilisait un remède simple. Elle prenait une purge d'eau salée le premier jour de la Lune Descendante. Cela lui lavait le sang, disait-elle, et lui gardait un teint frais et dispos. Elle ne touchait jamais la terre un Vendredi Saint, et pour rien au monde n'aurait travaillé dans son jardin, ni récolté quoi que ce soit.

Les 24 heures de la Nouvelle Lune (12 heures avant, 12 heures après) sont particulièrement éprouvantes. Vous ne vous sentez pas très en forme, votre corps est comme engourdi de malaise ; dans le miroir, les défauts de votre visage sont accentués. Si vous avez des allergies, de l'acné, cela réapparaît, comme les crises d'asthme et les maux d'estomac. Et cela va durer jusqu'à la Pleine Lune.

En Lune Descendante, vous dégonflez tout simplement. Les crises d'asthme, d'urticaire, les migraines disparaissent. Si vous avez des voyages importants, ou si vous devez prévoir des rendez-vous amoureux ou professionnels et que vous êtes soumis à ce genre de désagréments : attendez la Lune descendante.

Être bien dans sa peau, à sa place, sur notre planète, c'est vivre en accord avec la Lune.

Qui n'a pas regardé dans le ciel, ou sur le calendrier, la forme de la Lune. Est-elle montante ou descendante ? Pour semer, engranger, couper, ou tout simplement prévoir le temps du lendemain. La Lune est claire, les extrémités du croissant sont nettes : il fera beau temps. La Lune se voile, entourée d'un halo, les extrémités du croissant sont peu visibles : il fera mauvais temps.

IV

Mes grandes vertueuses

Charlemagne était un homme sage. Il se soignait par les simples, et pratiquait une méthode très personnelle pour découvrir les plantes lui convenant. Lorsqu'il était malade, il lançait son épée dans un champ de simples, laissant à Dieu le soin de lui indiquer la plante à utiliser. Et il cueillait la plus proche de l'endroit où son épée s'était plantée.

Pour ma part, je n'agis pas ainsi. (Je ne possède pas d'épée !) Je sais que les simples ne conviennent pas à toutes les maladies, et qu'à chaque simple correspond un usage. Neuf heures du matin est le moment idéal pour absorber des tisanes ou des extraits de plantes, qui seront alors très bénéfiques. Celles que j'utilise le plus souvent, celles qui possèdent les plus grandes vertus, en un mot, mes plantes préférées, je les ai surnommées les vertueuses. Je vous les présente.

Pour mémoire, rappelons que la décoction s'emploie pour les tisanes, ou en usage externe : on met l'eau froide et les plantes ensemble dans la casserole, on porte à ébullition, et on laisse frémir quelques minutes. Pour les racines, laissez bouillir vingt à trente minutes, après les avoir lavées et hachées grossièrement.

Pour les infusions, mettez dans votre tisanière, ou, à défaut, votre théière, la quantité de feuilles ou de fleurs broyées, puis versez l'eau bouillante. Couvrez et laissez infuser de cinq à dix minutes.

Les plantes que vous ramasserez devront être sauvages, pures, et bien séchées. Vous les conserverez dans des sacs en papier, ou des bocaux fermés par un bouchon de liège, à l'abri de la lumière.

L'armoise

Parmi les herbes, l'armoise vient en premier. C'est une herbacée aromatique, l'herbe-femme par excellence. On dit que la femme est liée à la Lune par un cordon ombilical invisible. Le cycle de la Lune est de vingt-huit jours, comme celui de la femme. L'armoise est considérée comme lunaire et féminine.

Les femmes, au temps jadis, s'en confectionnaient une ceinture qu'elles portaient autour de la taille, pour permettre à leur féminité de s'épanouir. Si vous en portez un bracelet ou une ceinture que vous avez confectionné la nuit de la Saint-Jean, cela atténuera vos problèmes et vos maux de reins.

Il existe différentes espèces d'armoise, l'armoise des glaciers, le génépi, l'armoise absinthe, l'herbe de la Saint-Jean, l'armoise maritime, l'estragon.

Ces herbes étaient si appréciées qu'on les appelait les herbes contre tout. Les colporteurs, ces hommes du voyage, s'en faisaient des jarretières pour se protéger du danger et des maladies durant leurs longs périples.

La phase croissante de la Lune correspond à l'inspiration. Les idées sont lumineuses, c'est le temps des semis, des projets.

La Pleine Lune donne forme à tout. Voici l'heure de la concrétisation, de l'enracinement, de la réalisation technique.

Puis la Lune décroît jusqu'à la disparition. Tout sommeille, les esprits s'engourdissent, les plantes ramassent leur énergie, jusqu'à la résurrection de la Nouvelle Lune.

Et cela se reproduit tous les vingt-huit jours. Cette métamorphose qui s'opère sous nos yeux, j'en suis chaque fois émue et émerveillée. Voilà pourquoi j'aime l'armoise.

Le plantain

Cette herbe très commune est l'une de mes préférées. Je connais des personnes qui ont été guéries, grâce à cette plante-miracle, de maladies très graves. Bien sûr, je ne veux pas me substituer aux médecins qui mettent tout leur talent et tout leur art à sauver ceux qui souffrent. Mais lorsque la médecine vous abandonne, lorsque, dit-on, il n'y a plus d'espoir, le plantain, plante lunaire, peut sans doute vous aider.

On l'utilise en cataplasmes pour les plaies. Je revois toujours mon grand-père. Il prenait des feuilles baignées de rosée, y pratiquait quelques incisions pour que le suc soit plus actif et l'appliquait sur le mal. J'ai continué. Je mets dans mes salades quelques feuilles coupées en lamelles. Le jus des feuilles est souverain contre tous les maux.

À l'heure où j'écris, une jeune maman m'a appelée, désespérée. Son bébé de quinze jours a été placé trop lontemps en couveuse sous une lampe, et il est brûlé. Le médecin a prescrit une pommade. Je dis à cette jeune femme qu'elle aurait dû m'appeler plus tôt, car j'ai le pouvoir de souffler le feu. Je vais voir son bébé, en emportant du plantain haché, que j'ai cueilli dans un endroit non pollué. Je l'applique à l'enfant, qui est aussitôt soulagé. Dès le lendemain, le feu est apaisé. Deux jours plus tard, la peau a retrouvé son aspect normal.

Une amie avait une plaie très grave dans la bouche, que la médecine ne pouvait soigner, sinon par des calmants. Je lui offre un bouquet de plantain, en lui recommandant de le presser pour en extraire le jus dont elle fera des bains de bouche. La plaie a guéri.

Si vous pensez que la médecine vous a abandonné, faites une cure de jus de plantain pendant une Lune complète en commençant à la Nouvelle Lune. Une cure de jouvence à commencer à la première Nouvelle Lune de printemps : bien laver un bouquet de plantain, le faire bouillir pendant dix minutes dans un demi-litre d'eau. Boire dans la journée. Renouveler chaque jour durant une demi-lune

Prenez des bains de Lune — pas plus d'une heure.

Pour les cataplasmes, voici une méthode simple : prenez plusieurs poignées de feuilles de plantain que vous hachez et pétrissez avec du saindoux. Laissez agir une heure, matin et soir.

L'aubépine

L'aupépine, plante si belle, si chère à mon cœur, que de souvenirs s'attachent à elle ! Lors de la procession du mois de mai, j'étais coiffée d'une couronne de feuilles et de fleurs d'aubépine, comme les autres petites filles.

Et pourtant le Christ était ceint de cette couronne d'aubépine. Depuis, les couronnes et les croix, je ne les vois pas de la même façon. Jésus a porté cette croix pour nous. Nous pouvons donc en placer dans notre maison. Mais je préfère voir le Fils de Dieu dans l'apothéose de la résurrection.

Ne dit-on pas que le buisson ardent auprès duquel Moïse eut son premier entretien avec Dieu serait une variété de notre aubépine très connue ? Qui a près de sa maison un buisson d'aubépine est protégé, lui et les siens.

À l'époque des Croisades, les chevaliers partant pour la Terre Sainte offraient à leurs dames un rameau d'aubépine lié d'un ruban rouge, en signe d'amour et d'espérance.

Dans certaines régions, les mères portent leur enfant malade devant ces buissons, pensant qu'il s'agit d'un réceptacle de force bénéfique, qui a le pouvoir d'emmagasiner les prières pour les faire monter au ciel. Dans des villages marocains, les femmes vont y faire des invocations pour que leur mari soit plus tendre.

Récoltez les fleurs en secouant l'arbre sur un linge blanc. Laissez sécher. Puis employez-les en infusion pour enrayer un début d'angine.

C'est également recommandé contre l'insomnie. Une cuillerée de fleurs infusées. En boire deux tasses.

Pour votre beauté, l'utiliser en lotion, contre les rougeurs ou la couperose.

Pour les femmes, en période de pré-ménopause ou de ménopause : placer les bras et avant-bras dans une décoction tiède d'aubépine, pendant quinze minutes chaque jour, en Lune descendante.

Le cresson

Pressez le cresson. Avec le jus, faites des frictions. Commencez votre cure lorsque la Lune est dans le signe du Cancer.

Le cresson de rivière (donc sauvage) est formidable pour la repousse des cheveux, ainsi que les feuilles et racines de jeunes pousses d'orties blanches.

Ramassez ces plantes dans un linge fin, à la rosée. Pressez le jus mélangé à un peu d'eau du ciel. Le mois de mai est bénéfique pour commencer ces soins de beauté.

Si vous avez des marques, des cicatrices ou traces anciennes de boutons, faites des applications sur le visage. Elles partiront, ou du moins s'atténueront.

L'ail

Aujourd'hui, l'ail est surtout utilisé en tant que condiment, mais il n'a pas pour autant perdu ses vertus curatives. Il est utilisé pour soigner l'hypertension.

Une gousse d'ail écrasée et mise à macérer dans un verre d'eau. Buvez-en un verre le soir, et un verre le matin, à jeun.

Pour les personnes qui souffrent de vers intestinaux, 25 grammes dans un verre d'eau et de lait. Boire à jeun le matin en Lune descendante. C'est radical pour évacuer les indésirables petits parasites.

Les Grecs, les Romains et les moines du Moyen Âge en faisaient une grande consommation. En collier, (des gousses enfilées dans un cordon ou lacet de coton), cela protégeait des épidémies mais aussi, dit-on, du mauvais œil.

Dans les vieux grimoires, on parle beaucoup de ce véritable élixir de jouvence. Hachez finement cent grammes d'ail, que vous laisserez macérer dans 1/4 de litre d'eau-de-vie, pendant une Lune complète. Filtrez et bouchez la bouteille. La cure consiste à prendre une dizaine de gouttes avant les repas dans un verre d'eau.

Pour faire disparaître cors ou durillons, faites des cataplasmes d'ail pilé, sans déborder sur les parties saines du pied. Maintenez avec un sparadrap. Renouvelez l'emplâtre tous les jours. Agissez durant quinze jours environ, de la Pleine Lune à la Nouvelle Lune. Vous pouvez également utiliser des cataplasmes faits de pelures d'oignon macérées dans du vinaigre de vin.

Pour annihiler l'odeur de l'ail, mâchez un morceau de pomme ou une feuille de salade. Ou du persil, ou encore quelques grains de café.

Contre la constipation

Le matin à jeun, buvez une petite cuillerée d'huile d'olive vierge. Vous n'aurez jamais de problème de cet ordre.

Contre le psoriasis

Utilisez des compresses de plantain, et des compresses d'infusion de fleurs de pensée sauvage.

Contre l'eczéma

Du jus d'airelles ou de myrtilles, que vous appliquez directement sur la peau.

Ou des feuilles de géranium bouillies dans de l'eau. En compresses durant une heure sur les parties atteintes. Cela peut également soigner l'herpès.

La recette de la frênette

Dans ma famille, nous avions coutume de boire de la bière faite avec de l'orge, du houblon, de la chicorée, mais aussi la frênette. De nombreux lecteurs m'ont demandé de préciser la recette exacte. La voici :

Faites bouillir dans une grande bassine 30 litres d'eau, 50 grammes de frênette fleur, et 50 grammes de houblon. Ajoutez deux cuillerées de chicorée pour la couleur.

Placez l'ensemble dans une toile, que vous attacherez à la poignée de la bassine, à la manière d'une infusion. Laissez bouillir une heure et demie. Ensuite, dans un grand bol, diluez 30 grammes de levure de bière avec un kilo de sucre. Enlevez le sac de plantes. Mélangez le tout. Vous pouvez maintenant mettre en bouteilles, sans les boucher tout de suite à cause de la fermentation. C'est une préparation dont je me suis délectée durant toute mon enfance. Elle désaltère mieux que n'importe quelle autre boisson.

Pour la bière, procédez selon le même principe que pour la frênette. Simplement remplacez celle-ci par un kilo d'orge, et 50 grammes de houblon. N'oubliez pas d'ajouter trois ou quatre cuillerées de chicorée pour obtenir une belle couleur.

Pour fabriquer du vin de pêche

Pour cinq litres de bon vin rouge, 500 grammes de feuilles de pêcher, plus cinq noyaux de pêche. Laissez macérer durant trois jours. Ensuite, filtrez dans un linge, ajoutez un demi-litre de sirop de canne, et deux verres d'alcool.

Pour fabriquer de la liqueur d'orange

Mettez dans un bocal 3/4 de litre d'eau-de-vie à 45°. Ajoutez trois oranges, piquées chacune d'un clou de girofle. Ajoutez une gousse de vanille et les zestes de deux citrons. En même temps, additionnez d'un demi-litre de sirop de canne. Laissez reposer trois semaines, puis régalez-vous.

Pour le vin de noix

Dans cinq litres de bon vin rouge, mettez 60 grammes d'écorce de noyer et d'écorce d'orange. Laissez macérer durant quinze jours. Filtrez, puis ajoutez une bouteille de sirop de canne, et deux verres d'alcool.

Une recette différente, à réaliser le jour de la Saint-Jean : mettez sept noix fraîches avec leur coque (cueillies sur l'arbre), coupées en quatre, dans un litre de vin blanc. Laissez macérer cinquante jours. Filtrez, sucrez, et ajoutez environ un verre d'alcool.

Pour améliorer la circulation du sang et diminuer le taux de sucre dans le sang, prendre, matin et soir, une infusion de feuilles de noyer. 25 grammes pour un litre d'eau bouillante. Faites une cure à partir de la Nouvelle Lune, jusqu'à la Pleine Lune.

Contre tous les maux

Dans certaines contrées, surtout en Corse, on pratique ainsi, mais toujours en accompagnant l'action de prières.

On brûle un rameau d'olivier béni le jour des Rameaux, un peu d'encens, et un cierge consacré le jour de la Chandeleur. Gardez le cierge dans une main, l'encens dans l'autre. Faites trois fois le tour du malade dans le sens des aiguilles d'une montre, en disant :

« Que cette fumée enlève la maladie, et que Dieu te guérisse. »

Vous pouvez également utiliser un brin d'olivier, et du gros sel : autant de grains que compte d'années la personne malade. Puis jetez le sel par-dessus votre épaule, par la fenêtre.

Opérez au lever du soleil.

Pour faire disparaître les verrues

Frottez avec du gros sel gris de mer. Ensuite, jetez le sel utilisé dans une rivière ou une eau courante.

Pour éliminer les aphtes

Utilisez les prunelles que l'on trouve communément dans les bois. On dit qu'il faut attendre les premières gelées pour les cueillir. Mes parents, eux, les prenaient dans leur verdure.

Placez-les dans de l'alcool blanc. Cela donne une liqueur excellente, mais surtout très active pour guérir les aphtes dans la bouche. Vous pouvez également mâcher quelques prunelles.

Pour les plaies

Cueillez, si possible pendant le mois de mai, de jeunes orties fraîches, fleurs et feuilles. Tassez-les dans une bouteille ou, mieux, un bocal en verre. Recouvrez d'alcool. Puis laissez macérer à l'extérieur durant plusieurs lunaisons complètes.

Vous pouvez utiliser cette préparation pour en imprégner les pansements, pour les plaies qui se cicatriseront de manière rapide.

En période d'épidémie

Gardez une gousse d'ail suspendue à votre cou. Agissez de même si vous devez côtoyer ou soigner une personne contagieuse : gardez dans la bouche une gousse d'ail, qui est un puissant antiseptique et l'un des premiers antibiotiques naturels.

Si vous manquez de vitalité, faites macérer une quinzaine de gousses d'ail dans une bouteille de bon vin de Bordeaux. Ajoutez-y une cuillerée de miel, ou mieux, de pollen.

Et vous retrouverez des forces de façon magique. Commencez toujours votre cure à la Nouvelle Lune.

Pour que la nourriture soit meilleure

Dans nos campagnes, ceux qui élèvent leurs cochons pour en pratiquer l'abattage se fixent des règles pratiques liées aux positions de la Lune. Abattre une bête en Lune Montante donne le meilleur résultat, le goût de la viande est supérieur.

Pour mieux réussir les conserves de fruits et de légumes, et pour vos confitures, préparez-les aussi en Lune montante.

Laissez mariner le gibier en Lune descendante, puis exposez-le aux rayons de Lune une ou deux nuits. Il en sera d'autant plus tendre et relevé.

Comme on le sait, la Lune régit les marées. Quand la Lune est pleine, les crustacés, ces êtres maritimes par excellence, sont également pleins. On devrait ramasser et manger huîtres et coquillages en Lune montante.

Pour la beauté des seins

Faites des compresses de sauge. Vous l'utiliserez en laissant infuser comme le thé la sauge, fraîche de préférence, ou la même plante broyée en cataplasme. Opérez pendant neuf jours après la Nouvelle Lune.

Pour raffermir les seins (après un accouchement par exemple), faites tout simplement des massages réguliers avec de l'huile d'olive vierge.

Pour le sommeil

Buvez une tasse de lait chaud, additionnée d'une bonne cuillerée de fleur d'oranger. Cela vous fera dormir comme un bébé. Dormez avec un oreiller bourré de fleurs de houblon. Ou encore avec un oreiller contenant des feuilles de laurier séchées.

Mais, avant tout, il est indispensable de se préparer au sommeil. Bien dormir, c'est bien vivre. C'est préparer un lendemain sain, efficace et heureux.

Mettez de l'ordre dans votre tête avant de vous coucher. Réglez mentalement les problèmes éventuels avec les autres, éliminez les tensions de la journée, ne laissez plus les soucis vous envahir.

Imaginez un beau ciel bleu. C'est un baume qui atténue vos tensions. Le vert des prés et des champs, lui, atténue et combat votre angoisse.

Si vous visualisez le sommeil, cela agit sur vos voies digestives et active votre circulation. Ne dit-on pas que chaque matin, pour se mettre en communion avec le cosmos, il faut prendre un bain d'eau, de lumière et d'air. Les Hindous, dans leur sagesse immémoriale, l'ont bien compris : leur religion préconise un bain matinal en plein air, suivi d'exercices respiratoires. Même en ville, ouvrez la fenêtre, et faites quelques mouvements de gymnastique avant de passer sous la douche. En quinze jours vous sentirez la différence !

Le régime de la Nouvelle Lune

Être belle, mince, désirable... N'est-ce pas le rêve de toute femme... et de bien des messieurs ? Dans notre monde, en effet, le poids n'est plus considéré comme un élément positif. Jadis, seuls quelques riches étaient gros. La mortalité infantile causait tant de ravages qu'on évaluait souvent la santé des bébés d'après leur grosseur. De même, les femmes devaient être bien « enrobées ». On se souvient tous de ces sculptures et de ces tableaux représentant des femmes bien en chair, celles qu'on appelait des « belles plantes ».

Aujourd'hui, à l'époque de l'efficacité, on préfère rester mince pour éviter les problèmes de santé parfois liés à l'excès de poids. Seulement, maigrir en dépit de toutes les tentations est bien difficile... Les merveilleux plats de notre gastronomie sont quelquefois lourds avec leurs délicieuses sauces, et les vitrines de nos pâtissiers sont bien alléchantes ! Pas question pourtant de se résoudre à prendre, au fil des années, des kilos impossibles à perdre. Alors, que faire ?

Je vais vous indiquer un moyen infaillible, qui a marché auprès d'innombrables consultants. Je possède de très nombreuses lettres de témoignages enthousiastes. De toute la France, des Antilles, de la Réunion, et d'ailleurs, on m'écrit, comme cette dame de Toulon qui a presque retrouvé la taille de guêpe de ses vingt ans :

« Flavie, j'ai essayé au cours de ma vie bien des régimes, qui n'ont pas donné beaucoup de résultats. Quelques centaines de grammes, un ou deux kilos, perdus au prix de très gros efforts, souvent même un martyre. Depuis quelques semaines, j'ai suivi vos recommandations à la lettre. C'est fantastique ! J'ai déjà perdu dix kilos ! Ma vie s'en trouve transformée. Mon mari me regarde de nouveau comme une femme, et je me sens tellement mieux dans ma peau que j'ai l'impression d'avoir rajeuni de dix ans ! »

Qu'est ce secret que chacun peut appliquer, sans faire de régime astreignant, sans suivre des recettes trop compliquées ?

Voilà : à partir du matin de la Nouvelle Lune, ne prenez que du liquide pendant vingt-quatre heures. Buvez dans la journée un litre et demi d'eau, des tisanes, du thé léger... Ce jour-là, n'avalez rien de solide. Vous ne recommencerez à manger que le jour suivant, au petit déjeuner. Si c'est vraiment trop dur la première fois, mangez une petite tranche d'ananas à midi.

Quinze jours plus tard, vous recommencerez, du matin de

la Pleine Lune ou matin suivant. Le résultat vous étonnera. En effet, l'influence de la Lune sur vos excès de poids est à ce moment-là à son maximum. Cela se passe un peu comme si elle absorbait vos graisses superflues en les dissolvant.

Si vous tentez ce traitement un autre jour, vous perdrez quelques centaines de grammes, mais ce sera tout. Nos grands-parents connaissaient bien le secret du jeûne, recommandé par toutes les religions. Il est indispensable de laisser l'organisme se reposer et se purifier de temps à autre. Les toxines accumulées engorgent votre système digestif, provoquant migraines, jambes lourdes, douleurs diverses. Ceux qui sont obligés d'aller au restaurant (représentants, hommes d'affaires), en pratiquant ce jeûne deux jours par mois aux périodes que je viens d'indiquer, éviteront les bourrelets disgracieux qui sont souvent l'inconvénient de leur profession.

Sauf si vous devez faire des efforts physiques importants, vous pouvez très bien vous passer de manger durant vingt-quatre heures. Notre organisme a été prévu pour faire des réserves. Mais, maintenant que la disette a disparu, que la nourriture est abondante même à la fin de l'hiver, notre corps n'a plus l'occasion d'utiliser ses graisses.

Dès que vous vous sentez grossir, pour stabiliser votre poids, ou à chaque changement de saison, le régime de la Nouvelle Lune vous gardera svelte.

Si vous suivez une diète, accentuez-en les bienfaits en buvant du jus de carotte.

Autre complément : l'argile. Le soir, versez dans un grand verre d'eau deux cuillerées à café d'argile verte. Laissez reposer une nuit. Mélangez à l'aide d'une cuiller en bois. Buvez à jeun, le matin, avant de vous lever. Attention, ne prenez jamais d'argile si vous absorbez par ailleurs de l'huile de paraffine, cela risquerait de former un « bouchon » dans l'estomac. N'utilisez jamais non plus de récipient en plastique ou en métal.

Contre la cellulite

En dehors de l'excès de poids, les femmes sont souvent victimes de cette fameuse cellulite. Pour la combattre, boire des tisanes de reine-des-prés, matin et soir. Ou bien, mélangez trois pincées de queues de cerise et autant de feuilles de sauge, que vous laisserez infuser une quinzaine de minutes.

Ou encore, faites bouillir du lierre grimpant, des feuilles et des fleurs d'aubépine en parts égales, que vous appliquerez en compresses chaudes, sur les hanches, les cuisses et les parties du corps atteintes de cellulite. Les maintenir quinze à vingt minutes. Suivre ce traitement trois semaines après la Nouvelle Lune, arrêter une semaine puis recommencer. Au bout de trois mois les résultats seront déjà très nets.

Pour grossir

On lit d'innombrables recettes dans les magazines pour faire maigrir ceux que l'absence de sport, la vie sédentaire et une nourriture trop riche menacent d'embonpoint. Mais que fait-on pour ceux qui veulent grossir ?

Certains en effet m'ont demandé de les aider à prendre du poids. Il est vrai qu'il est moins courant de désirer gagner des kilos qu'en perdre.

Pour grossir, buvez chaque matin, à jeun, une ampoule

d'eau de mer. Ces ampoules sont vendues en pharmacie, ou dans des magasins diététiques. Il s'agit d'eau recueillie loin du rivage et en profondeur. Si vous habitez au bord de la mer, ne buvez pas l'eau que vous auriez recueillie vous-même, elle serait beaucoup trop polluée.

Pendant la période du raisin, le noir principalement, prenez un litre de jus de raisin frais pressé. Additionnez-y trois cuillerées de miel par litre. Buvez-le dans la journée.

Commencez la cure à la Nouvelle Lune.

Pour garder sa jeunesse

Mélangez à parts égales de l'aubépine, de la reine-des-prés et des fleurs d'oranger, que vous jetez dans l'eau bouillante. Éteignez, pour ne pas laisser bouillir. Laissez infuser, filtrez et buvez. Ce sera plus efficace si vous absorbez ce liquide toute la semaine qui suit la Nouvelle Lune.

Pour votre beauté

Pour effacer les rides, retendre la peau, atténuer les poches sous les yeux, utilisez des fleurs de romarin, des fleurs de sureau et des fleurs de mauve à parts égales, en décoction. Ajoutez à l'eau ainsi obtenue de l'argile verte, jusqu'à obtenir la consistance d'un masque, que vous garderez durant vingt minutes. Faites ce masque en Lune montante.

Les fleurs de mauve doivent être cueillies en Lune

décroissante pour une bonne conservation. En tisane, elle calme les toux rebelles, les aphtes et les petits bobos dans la bouche. Elle apaise les cœurs qui s'emballent. La racine est aussi employée pour frotter les gencives des enfants qui font leurs dents.

Pour votre beauté, vous pouvez également appliquer sur le visage des compresses d'infusion de bleuet et de fleurs de mauve, de la Nouvelle Lune jusqu'à la Pleine Lune, puis arrêtez et recommencez à la prochaine Nouvelle Lune.

En période d'été, le faire si possible en plein air, dans les jardins qui embaument le lys. Mettre de l'huile d'amande dans une bouteille en verre, la remplir de pétales et de fleurs de lys, laissez macérer au moins un mois. Utilisez cette huile en masque. Si vous remplacez l'huile d'amande par de l'huile de camphre, elle vous servira à cicatriser les plaies.

Notez aussi que les infusions de fleurs séchées de romarin luttent contre les toux quinteuses et les bronchites.

Pour retrouver la fécondité

Les femmes, liées à la Lune par leur cycle menstruel de vingt-huit jours, ressentent vivement le puissant magnétisme de la Lune croissante. Ce n'est pas par hasard que leur cycle est le même que celui de la Lune. On peut supposer qu'à l'origine, toutes les femmes avaient leurs règles en même temps. De nos jours, les femmes qui vivent en communauté féminine, les religieuses par exemple, retrouvent fréquemment des rythmes semblables. Mystère? Non, Nature!

La Lune montante irrigue et nourrit. Les personnes qui désirent avoir un enfant doivent s'unir de préférence durant ce moment favorable.

Pour conserver votre appétit sexuel

Au fur et à mesure que les années passent, je reçois davantage de confidences. Des dames et des messieurs d'un certain âge, mais aussi une proportion étonnante de jeunes, me confient leurs inquiétudes. C'est sans doute là le commencement de la sagesse, car mieux vaut se renseigner que de ruminer des idées sombres. Est-il normal de ne plus ressentir de désir, ni de plaisir ? L'impuissance est-elle définitive, ou tient-elle à un état de fatigue général ? En réalité, c'est au couple de trouver les mots pour discuter avec simplicité de ce problème. Il faut savoir que l'impuissance est rarement définitive, et que, bien souvent, en parlant, le malaise s'allège, et bientôt disparaît.

Il existe néanmoins quelques recettes qui peuvent grandement aider à réveiller le désir sexuel. Je conseille de monder des amandes sèches et des noix, ou mieux, du vin de noix, dans lequel vous ferez macérer une feuille de menthe. Pensez au roi Louis XIV qui faisait cultiver la menthe à Milly-la-Forêt, pour ses besoins personnels. On la cultive d'ailleurs toujours, pour la confiserie. Vous pouvez aussi utiliser le ginseng asiatique. Mais le plus efficace des stimulants sexuels, c'est tout simplement l'ail. Quelques gousses d'ail par jour. Cuit ou cru, en assaisonnement. On peut facilement en ôter l'odeur en s'humectant les lèvres de gouttes de citron ou de menthe.

Pour avoir une peau douce

Pour mémoire, je rappelle ce « truc » important. Pour conserver une délicate peau de bébé, récoltez de l'eau de

Lune. C'est de l'eau de source, recueillie dès qu'elle jaillit de la terre, durant la nuit de la Nouvelle Lune. Si vous vous lavez le visage avec cette eau bénéfique, vous garderez un teint merveilleux. Conservez-la dans un récipient en cuivre ou en verre (surtout pas en plastique) et gardez-la à l'abri de la lumière. Agitez-la régulièrement pour la faire respirer. L'idéal est de se faire chaque mois une provision de cette eau.

La rosée de mai, cueillie entre la Nouvelle et la Pleine Lune, vous offre également un exceptionnel élixir de beauté. Attention : récoltez-la avant le lever du soleil. Cette rosée possède un pouvoir magique, qui peut lutter contre toutes sortes de maladies. Si vous n'avez pas de source à proximité de chez vous ou s'il ne pleut pas, la rosée peut la remplacer. Mais recueillez-la loin des routes et des pollutions, et bien sûr loin des champs traités avec des insecticides.

Pour conserver de beaux ongles et de beaux cheveux

Le principe est simple : ne coupez pas si ça descend. Autrement dit, en Lune descendante, évitez le coiffeur et ne vous coupez pas les ongles. En revanche, en faisant couper cheveux et ongles en Lune montante, ils repousseront forts, beaux, solides, brillants. Vous pouvez aussi faire des décoctions de feuilles de buis pour fortifier vos cheveux et empêcher leur chute. Ou encore, de jeunes feuilles et racines d'ortie blanche, que vous laissez macérer une lunaison dans un bocal rempli d'alcool léger. Utilisez-les en friction.

Contre l'acné

Vous pouvez lutter contre l'acné avec des compresses. Faites une décoction avec cent grammes de feuilles de bouleau, que vous appliquerez chaque soir durant dix minutes.

Si vous n'avez pas de feuilles de bouleau, vous pouvez également utiliser en compresses de l'infusion de thym.

Pour faire tomber la fièvre

Le peuplier frissonne, dit-on, car la croix du Christ était faite en bois de peuplier. Pour faire tomber la fièvre, accrocher à une branche de l'arbre, à la nuit tombante, un petit sachet portant le nom du malade, et la fièvre tombera. Je reçois de nombreuses lettres de consultants me confirmant ces résultats positifs.

Pour cicatriser les plaies

Utilisez le chou, ce mal aimé. Il faut utiliser un chou de jardin, non traité, sans pesticides ni résidus d'engrais chimiques. Les feuilles de chou, légèrement écrasées, sont souveraines pour cicatriser vos plaies en un rien de temps. Contre les douleurs et les démangeaisons, utilisez des cataplasmes de feuille de chou, cru ou cuit. Ou faites des applications de jus d'airelles ou de myrtilles. Ou encore, des compresses de feuilles de géranium bouillies dans l'eau.

Continuez le traitement avec des compresses sèches d'amidon de riz.

Contre les orgelets

Hachez finement une feuille de chou non traité et faites-en un cataplasme que vous appliquerez sur l'œil. Vous pouvez également l'utiliser pour faire disparaître rapidement plaie ou bouton.

Pour abattre, élaguer, replanter vos arbres

Voilà la coutume de Lunel, ville aux portes de la Camargue, rédigée en 1367 :

« Défense à quiconque d'apporter des cercles de tonneaux

Qui ne seraient pas bons et récoltés en bonne Lune

Sous peine d'amende de 60 sous et confiscation des cercles. »

Quelle sagesse, déjà ! Mon père ajoute : on ne doit pas abattre un arbre dans le décours, c'est-à-dire après la Pleine Lune, donc en Lune descendante.

Il est clair que si chacun, particulier et bûcheron, suivait ces règles simples, la nature donnerait mieux et les cycles naturels ne seraient plus perturbés par des actes incohérents.

L'arbre et l'homme présentent de nombreuses analogies. Dressés l'un près de l'autre, les pieds dans la terre, la tête près du cosmos, reliés par des forces insoupçonnées. L'arbre vit plus longtemps que l'homme, donc a vu beaucoup plus de choses. L'arbre est la porte du temple de la nature.

Les arbres devraient tenir un rôle beaucoup plus important dans notre vie, pour notre équilibre. Il serait bon que la France, par exemple, replante ses splendides forêts de chênes du temps jadis, qui assuraient la santé et la richesse de ses habitants. Au rythme actuel, on peut redouter que dans quelques dizaines d'années, nos descendants ne connaissent plus que les pins, les bouleaux, les peupliers... Cela entraînera des problèmes d'érosion, de désertification. D'ailleurs, de plus en plus de gens construisent leur maison en bois, pour bénéficier des flux positifs de ce matériau naturel, et il est important de prévoir dès maintenant ce changement d'esprit. Respecter les arbres est indispensable, mais les connaître pour mieux les aimer, c'est aussi protéger les esprits qui s'y abritent.

Les cavités naturelles des arbres ou des pierres ont le pouvoir de guérison. Dans la forêt de Fontainebleau, par exemple, certains possèdent indéniablement ce don. L'arbre vit notre rythme un peu fou, mais sans se laisser atteindre. Il est à lui seul notre sauvegarde.

Le chêne, en tous temps, était considéré comme un arbre sacré, au grand pouvoir. Malheur à celui qui l'abat sans s'en excuser auparavant.

Un autre arbre fameux est le pommier, chargé lui aussi d'un sens sacré. C'est l'arbre de la connaissance du Bien et du Mal. Si les rayons du soleil tombent sur le pommier le jour de Noël, ils annoncent beaucoup de joie dans l'année.

À propos d'arbres, laissez-moi vous raconter une histoire émouvante qui montre que ceux-ci éprouvent davantage de sensations que nous le supposons. Devant ma maison, j'avais planté deux sapins, un devant la fenêtre du salon, et l'autre devant la fenêtre de la salle à manger. Cela permettait de bénéficier d'un arbre de Noël extérieur, quelle que soit la pièce où l'on se trouvait.

Ils grandirent ensemble et devinrent superbes. Hélas, bientôt l'allée devint impraticable. Mes amis me dirent :

— Il te faudra en sacrifier un si tu veux continuer à passer.

— Ne dites pas ça, répondis-je. Il vous entend !

Mes amis se moquèrent gentiment de moi, mais je n'en démordais pas, cet arbre entendait qu'on parlait de lui.

Je ne m'y résolvais pas. Couper un arbre est pour moi un acte grave, qu'il ne faut faire que si, vraiment, on n'a plus le choix.

Finalement je décidai, en Lune montante, de consulter un horticulteur.

— Déplantez l'un d'eux, lui dis-je, celui qui se trouve le plus proche de la maison, pour le replanter plus loin. Mais attention, garantissez-moi qu'il reprendra.

Le pauvre homme était bien embêté.

— Madame, me dit-il, cela va vous coûter une fortune, mais surtout, il n'est pas sûr que votre arbre reprenne. On ne peut jamais savoir.

Ne voulant pas prendre ce risque, je décidai d'attendre quelques mois.

Peu de temps après, je passai devant l'arbre, et je lui trouvai l'air malade. Il me semblait plus terne, son feuillage était moins fourni.

— Bah, me dis-je sans y penser, ce qui l'attend ne doit pas lui faire plaisir.

Les semaines passèrent. Aucun doute n'était plus possible : mon arbre était en train de dépérir ! Il était maintenant presque sans feuillage. Je l'arrosai, je lui parlai, en vain.

Eh bien, en quelques mois, cet arbre magnifique mourut de chagrin. Cela m'a causé beaucoup de peine. Rien que d'y penser, j'en suis encore toute bouleversée.

Quand, l'année suivante, je fis revenir l'horticulteur. Lui non plus ne s'expliqua pas la raison de ce dépérissement. Je suppose quant à moi que l'arbre se savait condamné, et qu'il a préféré mourir de sa belle mort.

J'ai refusé qu'on en fasse du bois de chauffage, et j'ai demandé à l'horticulteur de l'emporter.

Au cours des années suivantes, j'ai tenté de replanter d'autres arbres, d'espèces plus petites, au même endroit: aucun n'a pris. C'était comme si aucun être vivant ne voulait plus occuper la place de ce mort. Car les arbres, comme le savent les poètes, sentent les peines et les joies de notre âme.

Un bonheur chaque jour

POURQUOI ce titre, « La Lune à l'envers »?

Sa Sainteté le Pape a l'habitude de baiser la terre quand il descend d'un avion. Moi, on le comprendra, c'est l'inverse : je regarde le ciel, la Lune et les étoiles.

Par une belle nuit d'été, j'atterris à la Réunion, à l'autre bout du monde. En levant les yeux, quelle ne fut pas ma stupeur en constatant que la Lune avait changé de place !

Je ne m'étais jamais rendue dans l'hémisphère Sud et ignorais (comme la plupart de mes concitoyens) que là-bas, la Lune ne forme pas un croissant, mais une soucoupe ou une coupole. En effet, la lumière du soleil n'en éclaire pas la même zone.

Depuis une année, j'étais plongée dans la rédaction de cet ouvrage sur la Lune. Pour moi, il s'agissait d'un signe. Si des habitants de cette planète voyaient la Lune d'une façon différente, cela signifiait que nous pouvions tous la voir de façon différente : se mettre à l'écoute pour en pénétrer les secrets.

Car la Lune a un revers, un côté caché, elle est multiple, comme l'homme, comme le cosmos, comme la nature.

Cet envers, ces secrets, je les ai partagés avec vous. Je sais que vous en ferez un bon usage.

La nature est un grand chant d'amour, qui ne demande qu'à nous combler de ses bienfaits. Désormais, en connaissant les vertus des plantes, vous saurez mieux conserver la santé et vous soigner. En respectant les rythmes de la Lune, vous tirerez parti de votre jardin et de vos plantations, vous profiterez de vos périodes de chance.

Car rien sur terre n'est le fruit du hasard. Dieu nous a donné la possibilité de trouver l'abondance, et en même temps, de comprendre les grands secrets du monde.

J'espère vous avoir aidé à approcher de votre but, de votre épanouissement, et si possible, avoir quelque peu éclairé votre chemin vers le bonheur.

Calendrier lunaire

Positions de la Lune pour le quatrième trimestre 1987

OCTOBRE	NOVEMBRE	DÉCEMBRE
1, 2 Capricorne	1, 2 Poissons	1, 2 Bélier
3, 4 Verseau	3, 4 Bélier	3, 4 Taureau
5, 6 Poissons	*Pleine Lune le 5 à 16 h 47*	*Pleine Lune le 5 à 8 h 02*
Eclipse le 7 à 4 h 02 *Pleine Lune à 4 h 13*	5, 6, 7 Taureau	5, 6 Gémeaux
7, 8 Bélier	8, 9 Gémeaux	7, 8, 9 Cancer
9, 10 Taureau	10, 11 Cancer	10, 11 Lion
11, 12, 13 Gémeaux	12, 13, 14 Lion	12, 13, 14 Vierge
14, 15 Cancer	15, 16 Vierge	15, 16 Balance
16, 17, 18 Lion	17, 18, 19 Balance	17, 18 Scorpion
19, 20 Vierge	*Nouvelle Lune le 21 à 6 h 34*	*Nouvelle Lune Le 20 à 18 h 26*
Nouvelle Lune le 22 à 17 h 29	20, 21 Scorpion	19, 20 Sagittaire
21, 22 Balance	22, 23 Sagittaire	21, 22 Capricorne
23, 24, 25 Scorpion	24, 25 Capricorne	23, 24 Verseau
26, 27 Sagittaire	26, 27 Verseau	25, 26, 27 Poissons
28, 29 Capricorne	28, 29 Poissons	28, 29 Bélier
30, 31 Verseau	30 Bélier	30, 31 Taureau

Positions de la Lune pour le premier trimestre 1988

JANVIER

- 1, 2, 3 : Gémeaux
- *Pleine Lune le 4 à 1 h 41*
- 4, 5 : Cancer
- 6, 7, 8 : Lion
- 9, 10 : Vierge
- 11, 12 : Balance
- 13, 14, 15 : Scorpion
- 16, 17 : Sagittaire
- 18, 19 : Capricorne
- *Nouvelle Lune le 19 à 5 h 27*
- 20, 21 : Verseau
- 22, 23 : Poissons
- 24, 25 : Bélier
- 26, 27 : Taureau
- 28, 29, 30 : Gémeaux
- 31 Cancer

FEVRIER

- 1 Cancer
- *Pleine Lune le 2 à 20 h 52*
- 2, 3, 4 : Lion
- 5, 6 : Vierge
- 7, 8, 9 : Balance
- 10, 11 : Scorpion
- 12, 13 : Sagittaire
- 14, 15 : Capricorne
- 16, 17 : Verseau
- *Nouvelle Lune le 17 à 15 h 55*
- 18, 19 : Poissons
- 20, 21 : Bélier
- 22, 23, 24 : Taureau
- 25, 26 : Gémeaux
- 27, 28, 29 : Cancer

MARS

- 1, 2 : Lion
- *Pleine Lune le 3 à 16 h 02*
- *Eclipse partielle à 16 h 14*
- 3, 4, 5 : Vierge
- 6, 7 : Balance
- 8, 9 : Scorpion
- 10, 11, 12 : Sagittaire
- 13, 14 : Capricorne
- 15, 16 : Verseau
- 17, 18 : Poissons
- *Eclipse totale le 18 à 2 h 23*
- *Nouvelle Lune à 2 h 03*
- 19, 20 : Bélier
- 21, 22 : Taureau
- 23, 24 : Gémeaux
- 25, 26, 27 : Cancer
- 28, 29 : Lion
- 30, 31 : Vierge

Positions de la Lune pour le deuxième trimestre 1988

AVRIL	MAI	JUIN
1 Vierge	1 Balance	1 Sagittaire
Pleine Lune le 2 à 9 h 22	*Pleine Lune à 23 h 42*	2-3 Capricorne
2-3 Balance	2-3 Scorpion	4-6 Verseau
4-6 Scorpion	4-5 Sagittaire	7-8 Poissons
7-8 Sagittaire	6-7 Capricorne	9-10 Bélier
9-10 Capricorne	8-9 Verseau	11-12 Taureau
11-12 Verseau	10-11 Poissons	13-14 Gémeaux
13-14 Poissons	12-14 Bélier	*Nouvelle Lune le 14 à 9 h 15*
15-16 Bélier	15-16 Taureau	15-17 Cancer
Nouvelle Lune le 16 à 12 h 01	*Nouvelle Lune le 15 à 22 h 11*	18-19 Lion
17-18 Taureau	17-18 Gémeaux	20-22 Vierge
19-21 Gémeaux	19-20 Cancer	23-24 Balance
22-23 Cancer	21-23 Lion	25-27 Scorpion
24-26 Lion	24-25 Vierge	28-29 Sagittaire
27-28 Vierge	26-28 Balance	*Pleine Lune le 29 à 19 h 47*
29-30 Balance	29-30 Scorpion	30 Capricorne
	31 Sagittaire	
	Pleine Lune à 10 h 54	

Positions de la Lune pour le troisième trimestre 1988

JUILLET

1 Capricorne
2-3 Verseau
4-5 Poissons
6-7 Bélier
8-9 Taureau
10-11-12 Gémeaux
Nouvelle Lune le 13 à 21 h 54
13-14 Cancer
15-16-17 Lion
18-19 Vierge
20-21-22 Balance
23-24 Scorpion
25-26 Sagittaire
27-28 Capricorne
Pleine Lune le 29 à 3 h 26
29-30 Verseau
31 Poissons

AOUT

1 Poissons
2-3 Bélier
4-5-6 Taureau
7-8 Gémeaux
9-10 Cancer
Nouvelle Lune le 12 à 12 h 32
11-12-13 Lion
14-15 Vierge
16-17-18 Balance
19-20 Scorpion
21-22-23 Sagittaire
24-25 Capricorne
26-27 Verseau
Eclipse partielle le 27 à 11 h 06
Pleine Lune à 10 h 57
28-29 Poissons
30-31 Bélier

SEPTEMBRE

1-2 Taureau
3-4 Gémeaux
5-6-7 Cancer
8-9 Lion
Eclipse le 11 à 5 h 15
Nouvelle Lune le 11 à 4 h 50
10-11-12 Vierge
13-14 Balance
15-16-17 Scorpion
18-19 Sagittaire
20-21 Capricorne
22-23 Verseau
24-25 Poissons
Pleine Lune le 25 à 19 h 08
26-27 Bélier
28-29 Taureau
30 Gémeaux

Positions de la Lune pour le quatrième trimestre 1988

OCTOBRE	NOVEMBRE	DÉCEMBRE
1 Gémeaux	1, 2, 3 Lion	1, 2, 3 Vierge
2, 3, 4 Cancer	4, 5 Vierge	4, 5 Balance
5, 6 Lion	6, 7, 8 Balance	6, 7 Scorpion
7, 8, 9 Vierge	*Nouvelle Lune le 9 à 14 h 21*	*Nouvelle Lune le 9 à 5 h 37*
Nouvelle Lune le 10 à 21 h 50	9, 10 Scorpion	8, 9, 10 Sagittaire
10, 11 Balance	11, 12 Sagittaire	11, 12 Capricorne
12, 13, 14 Scorpion	13, 14, 15 Capricorne	13, 14 Verseau
15, 16 Sagittaire	16, 17 Verseau	15, 16 Poissons
17, 18 Capricorne	18, 19 Poissons	17, 18 Bélier
19, 20 Verseau	20, 21 Bélier	19, 20 Taureau
21, 22, 23 Poissons	22, 23 Taureau	21, 22, 23 Gémeaux
24, 25 Bélier	*Pleine Lune le 23 à 15 h 54*	*Pleine Lune le 23 à 5 h 30*
Pleine Lune le 25 à 4 h 37	24, 25 Gémeaux	24, 25 Cancer
26, 27 Taureau	26, 27, 28 Cancer	26, 27 Lion
28, 29 Gémeaux	29, 30 Lion	28, 29, 30 Vierge
30, 31 Cancer		31 Balance

Positions de la Lune pour le premier trimestre 1989

JANVIER

1 Balance
2, 3, 4 Scorpion
5, 6 Sagittaire
Nouvelle Lune le 7 à 19 h 23
7, 8 Capricorne
9, 10 Verseau
11, 12 Poissons
13, 14 Bélier
15, 16, 17 Taureau
18, 19 Gémeaux
20, 21 Cancer
Pleine Lune le 21 à 21 h 34
22, 23, 24 Lion
25, 26 Vierge
27, 28, 29 Balance
30, 31 Scorpion

FEVRIER

1, 2 Sagittaire
3, 4, 5 Capricorne
Nouvelle Lune le 6 à 7 h 38
6, 7 Verseau
8, 9 Poissons
10, 11 Bélier
12, 13 Taureau
14, 15 Gémeaux
16, 17, 18 Cancer
19, 20 Lion
Pleine Lune le 20 à 15 h 33
Eclipse totale le 20 à 15 h 36
21, 22, 23 Vierge
24, 25 Balance
26, 27, 28 Scorpion

MARS

1, 2 Sagittaire
3, 4 Capricorne
5, 6 Verseau
Eclipse partielle le 7 à 18 h 09
Nouvelle Lune le 7 à 18 h 20
7, 8 Poissons
9, 10 Bélier
11, 12 Taureau
13, 14 Gémeaux
15, 16, 17 Cancer
18, 19 Lion
20, 21, 22 Vierge
Pleine Lune le 22 à 9 h 59
23, 24 Balance
25, 26, 27 Scorpion
28, 29 Sagittaire
30, 31 Capricorne

Positions de la Lune pour le deuxième trimestre 1989

AVRIL

1-3 Verseau
4-5 Poissons
Nouvelle Lune le 6 à 3 h 34
6-7 Bélier
8-9 Taureau
10-11 Gémeaux
12-13 Cancer
14-15 Lion
16-18 Vierge
19-21 Balance
Pleine Lune le 21 à 3 h 14
22-23 Scorpion
24-25 Sagittaire
26-28 Capricorne
29-30 Verseau

MAI

1-2 Poissons
3-4 Bélier
Nouvelle Lune le 5 à 11 h 47
5-6 Taureau
7-8 Gémeaux
9-10 Cancer
11-13 Lion
14-15 Vierge
16-18 Balance
19-20 Sorpion
Pleine Lune le 20 à 18 h 17
21-23 Sagittaire
24-25 Capricorne
26-27 Verseau
28-29 Poissons
30-31 Bélier

JUIN

1-2 Taureau
Nouvelle Lune le 3 à 19 h 54
3-5 Gémeaux
6-7 Cancer
8-9 Lion
10-12 Vierge
13-14 Balance
15-17 Scorpion
18-19 Sagittaire
Pleine Lune le 19 à 6 h 58
20-21 Capricorne
22-23 Verseau
24-26 Poissons
27-28 Bélier
29-30 Taureau

Positions de la Lune pour le troisième trimestre 1989

JUILLET

- 1, 2 Gémeaux
- *Nouvelle Lune le 3 à 5 h*
- 3, 4 Cancer
- 5, 6 Lion
- 7, 8, 9 Vierge
- 10, 11 Balance
- 12, 13, 14 Scorpion
- 15, 16 Sagittaire
- 17, 18, 19 Capricorne
- *Pleine Lune le 18 à 17 h 43*
- 20, 21 Verseau
- 22, 23 Poissons
- 24, 25 Bélier
- 26, 27 Taureau
- 28, 29 Gémeaux
- 30, 31 Cancer

AOUT

- *Nouvelle Lune le 1er à 16 h 07*
- 1, 2, 3 Lion
- 4, 5 Vierge
- 6, 7, 8 Balance
- 9, 10 Scorpion
- 11, 12, 13 Sagittaire
- 14, 15 Capricorne
- 16, 17 Verseau
- *Pleine Lune le 17 à 3 h 08*
- *Eclipse totale à 3 h 09*
- 18, 19 Poissons
- 20, 21 Bélier
- 22, 23 Taureau
- 24, 25 Gémeaux
- 26, 27, 28 Cancer
- 29, 30 Lion
- 31 Vierge
- *Eclipse partielle à 5 h 32*
- *Nouvelle Lune à 5 h 45*

SEPTEMBRE

- 1, 2 Vierge
- 3, 4 Balance
- 5, 6, 7 Scorpion
- 8, 9 Sagittaire
- 10, 11 Capricorne
- 12, 13 Verseau
- 14, 15 Poissons
- *Pleine Lune le 15 à 11 h 51*
- 16, 17 Bélier
- 18, 19, 20 Taureau
- 21, 22 Gémeaux
- 23, 24 Cancer
- 25, 26 Lion
- 27, 28, 29 Vierge
- *Nouvelle Lune le 29 à 21 h 48*
- 30 Balance

Positions de la Lune pour le quatrième trimestre 1989

AVRIL	MAI	JUIN
1 Balance	1, 2, 3 Sagittaire	1, 2 Capricorne
2, 3, 4 Scorpion	4, 5 Capricorne	3, 4, 5 Verseau
5, 6 Sagittaire	6, 7 Verseau	6, 7 Poissons
7, 8, 9 Capricorne	8, 9 Poissons	8, 9 Bélier
10, 11 Verseau	10, 11 Bélier	10, 11 Taureau
12, 13 Poissons	12, 13 Taureau	12, 13 Gémeaux
Pleine Lune le 14 à 20 h 33	*Pleine Lune le 13 à 5 h 52*	*Pleine Lune le 12 à 16 h 31*
14, 15 Bélier	14, 15 Gémeaux	14, 15 Cancer
16, 17 Taureau	16, 17, 18 Cancer	16, 17 Lion
18, 19 Gémeaux	19, 20 Lion	18, 19, 20 Vierge
20, 21 Cancer	21, 22 Vierge	21, 22 Balance
22, 23, 24 Lion	23, 24, 25 Balance	23, 24, 25 Scorpion
25, 26 Vierge	26, 27 Scorpion	26, 27 Sagittaire
27, 28, 29 Balance	28, 29, 30 Sagittaire	28, 29 Capricorne
Nouvelle Lune le 29 à 15 h 28	*Nouvelle Lune le 28 à 9 h 42*	*Nouvelle Lune le 28 à 3 h 21*
30, 31 Scorpion		30, 31 Verseau

Table des matières

TROISIEME PARTIE

LES FILLES DE LA LUNE

Cet ouvrage a été réalisé sur
Système Cameron
par la SOCIÉTÉ NOUVELLE FIRMIN-DIDOT
Mesnil-sur-l'Estrée
pour le compte des Éditions Calmann-Lévy
le 8 décembre 1987

Imprimé en France
Dépôt légal : décembre 1987
N° d'édition : 11339/02 – N° d'impression : 8337